KB077850

내겐　아직,
연애가 필요해

# 내겐 아직, 연애가 필요해

2016년 1월 22일 초판 1쇄 발행

지은이 · 차현진

펴낸이 · 이성만
책임편집 · 김형필, 허주현 | 디자인 · 霖design

마케팅 · 권금숙, 김석원, 김명래, 최의범, 조히라, 강신우
경영지원 · 김상현, 이윤하, 김현우

펴낸곳 · (주)쌤앤파커스 | 출판신고 · 2006년 9월 25일 제406-2012-000063호
주소 · 경기도 파주시 회동길 174 파주출판도시
전화 · 031-960-4800 | 팩스 · 031-960-4806 | 이메일 · info@smpk.kr

ⓒ 차현진 (저작권자와 맺은 특약에 따라 검인을 생략합니다)

ISBN 978-89-6570-310-5 (03810)

쌤앤파커스(Sam&Parkers)는 독자 여러분의 책에 관한 아이디어와 원고 투고를 설레는 마음으로 기다리고
있습니다. 책으로 엮기를 원하는 아이디어가 있으신 분은 이메일 book@smpk.kr로 간단한 개요와 취지,
연락처 등을 보내주세요. 머뭇거리지 말고 문을 두드리세요. 길이 열립니다.

# 내겐 아직,
# 연애가 필요해

차현진

나는 당신이

이 책을 단숨에 읽다가

누군가가 떠올라서

뛰쳐나갔으면 하는 마음으로

썼다.


제발,

보고 싶은 사람을 보는 일은

미루지 않았으면 한다.

## #1 연애, 오로지 나만이 가질 수 있는 '완전한 내 것'

내일 죽는다. 그럴 수도 있다.
'죽을 때 뭘 가져갈 수 있을까?'라는 생각을 해본다.
생활은 온통 돈 버는 시간으로 가득 찬 것 같은데, 막상 돈은 못 가져간다.

아마도 내가 가져갈 수 있는 건
'좋아하는 사람과 만든 추억'일 거다.

돈처럼 누군가에게 빌릴 수 없고, 누군가가 훔쳐가지 못하고
오로지 나만이 가질 수 있는 '완전한 내 것.'
나는 추억 부자로 살고 싶다. 그 추억 중에서 가장 반짝이는 게 연애다.
연애. 그거 어떻게 하는 거지? 모르겠다.
그때도 몰랐고, 지금도 모르고, 앞으로도 모를 거다.
그런데 그게 뭘 가져다주는지는, 알고 있다.

내가 '달라진다'는 것.

그 사람을 통해
내 기분이, 표정이, 생각이, 태도가, 그리고 인생이 달라진다.
그런데 우린 시험공부 하느라, 취업 준비하느라, 카드 값 막느라 너무 바쁘다.
설레는 거, 불편하다. 진심도 부담스럽고.

왜 또 이러는 건지. 아무리 막아도 설레는 마음이 막 쳐들어올 때가 있다.
그러지 말라고 해도 따라다닌다. 심지어 내 옆에 바싹 붙어서.
그 설렘에 져버리고, 다음엔 바보 되고, 마지막 뒷감당은 어떻게 하면 되는 걸까?

그냥, 내 맘이 이끄는 대로.

하지만 생각대로 될 리 없다. 아니, 생각지도 못했던 일이 벌어져버린다.
연애라는 건 어쩔 수 없이 망하게 되어 있다. 누구나 그렇고 언제나 그랬다.
망치는 거라도 나 하고 싶은 대로 하는 게 어떨까? 실수해도 괜찮다.
그건 그것대로 충분히 의미가 있으니까.

네가 뭔데, 이런 말을 하냐고?
"네, 저는 아무것도 아닙니다."
이 책을 쓰기 전까지는 이렇게 말하고 휘리릭 사라질 나였다.
지금은 아니다. 아직도 나는 아무것도 아니지만, 이 모든 것을 체험했고
거기엔 특별한 고귀함이 있다고 감히 말해주고 싶은 사람이 되었다.

잘하든 못하든, 연애가 우리에게 무엇을 안겨주는지 알려주고 싶다.
그것이 나 자신에게 줄 수 있는 가장 커다란 '기회'라는 사실까지도.

# #2 '모든 것이 달라지는' 경험

힘든 일이 있을 때마다 그라면 무슨 말을 해주었을까 하고 떠올려본다.
그가 내 마음 한 켠에 스윽 밀어 넣어주는 한마디로
내게 닥친 일들에 어떻게 맞서야 하는지 조금은 알 수 있을 것만 같았다.
그게 이 책의 조용한 시작이었다.
생각해 보면 소중한 건 모두 그가 가르쳐주었다.

좋아하는 것을 지켜나가는 힘, 밸런스를 유지하는 감각, 라스트 임프레이션,
일상에 숨겨진 언어들, 사랑의 그립감, 지켜내야만 하는 감정의 우선순위,
잘못인지 충분히 알면서도 저지르는 잘못의 잔인함,
심지어 기운이 솟아나는 걸음걸이까지도.

이 책은 그가 나를 어떻게 변화시켰는지를 지켜본 유일한 목격자다.
나를 바꿀 수 있는 가능성에 매달려보는 거, 휘둘려보는 거 무조건 옳다.
이 책을 덮었을 때 모두가 그런 느낌이라면
내 부끄러운 8가지 비밀 이야기를 펼쳐보여도
나는 그걸로 충분할 것 같다.

〈우리가 좋아했던 것들〉 챕터에선
그와 함께 열광했던 영화나 책, 음악 이야기를 담았다.

둘만 아는 세상이 끝나도 우리가 아끼던 것들은
고스란히 살아남아 숨 쉬고 있다.
라디오에서 그 노래가 무심코 흘러나올 때, 그 노래가 내게 말을 걸어온다.

잘 지내냐고.

그렇게 그 시절 거기 두고 온 나를 만나기도 한다.
이 책을 펼쳐 든 당신도 같은 기분으로 그런 순간을 통과했으면 좋겠다.
그리고 어떤 누군가에겐 기대하지 않았던 작은 선물이 되길 바라본다.

설레는 기분, 좋아하는 마음.
신이 나만 어여삐 여겨 그걸 더 주지는 않았을 거다.
모두 다 가지고 있다. 다만 모르고 있을 뿐.
닮아가고 싶은 사람이 지금 당신 곁에 있다.
서로에게 그런 사람이 되어주는 것,
서로가 아니면 그 누구와도 할 수 없는 것들을 '지금' 했으면 좋겠다.

# Part 1

# 소중한 것은
# 모두 네가 가르쳐줬어

Part 2

# 다만,
# 곁에 있고 싶을 뿐인데

### Scene 03
### 숨고 싶던 밤, 우리의 눈부셨던 야간 비행
"어떠한 난기류라도 결국엔 다 지나간다고."

### Scene 04
### 나를 웃게 했던, 그리고 울게 했던 너
"그냥, 네가 기죽는 게 싫어."

Part 3

그럼에도　불구하고,
직진

Part 4

# 아주 잠깐,
# 슬픔이 밀어닥치는 속도

Part 1

소중한  것은
모두  네가  가르쳐줬어

누군가가 내게 시간과 에너지를 쏟고 있다는 것.

그 확신이 손끝으로 느껴지는 것.

그가 보여주고 있는 그 마음이 만져진다는 것.

이걸 뭐라고 하는 거지?

사랑의 그립감?

태어나서 처음으로 내가 느꼈던,

최초의 사랑의 그립감이다.

# 작고 조용한 카페, 그리고 사진, 그 안의 우리

"난 우리가 만만해졌으면 좋겠어."

■■■ 평 범 함 속 에 있 는 모 든 것

■■■ 기 다 림 의 천 재

■■■ 소 리 내 어 읽 고 싶 은 손 편 지

# 평범함 속에 있는
# 모든 것

"
종류가 많잖아,
뭐가 젤 좋은데?
"

Part 1

18

내 뺨에선 여전히 양파 냄새가 난다.
그는 양파 써는 손으로 내 뺨을 만져주었다.
그때를 생각하면 아직도 내 뺨에서 양파 냄새가 나는 것 같다.


그는 '나만의 카페', 나는 '나만의 책'을 갖는 것이 꿈이었다.
그에겐 '그 언젠가'가 빨리 와버렸다. 그것에만 집중했기 때문이다.
그는 집안의 기대를 요란하게 받아서 잠시 망설이기도 했다.
다 같이 이민을 준비했던 가족은 늦둥이 아들의 폭탄 발언을
존중해 가족 전체의 미래를 바꾸었다.
그는 끝까지 그 중압감을 내색하진 않았다.


홍대의 조용한 뒷골목에,
동선이나 유동 인구 따위를 무시한 채로, 그의 카페가 탄생했다.
동경제과학교 출신인 그의 전공은 제과제빵이었지만
자신만의 일본식 카레 레시피를 무기 삼아 작은 공간을 완성했다.
인테리어 공사 비용으로 줄 현금 다발을 주머니에 넣고 다니다가
잃어버리고도 그의 기세는 등등했다.
'아직, 아무것도 시작되지 않았으니까.'

그리고 곧, 적자와의 싸움이 시작되었다.

그러는 동안 우리의 연애도 계속되었다.

심야 영화를 보고 헤어지고 나서도

단숨에 바로 다시 만나 아직 어두운 새벽,

노량진 수산시장으로 향했던 우리.

누가 타이머를 들고 시간을 재고 있는 것도 아니었는데 급했다.

둘이 만나면 에너지가 끓어올랐고

그게 닳아 없어질 때까지 무언가를 함께했다.

꽃시장을, 과일시장을, 그릇시장을, 구제 옷시장을

뭘 그렇게 고르러 다녔는지 날마다 같이 돌아다녔다.


"난 복숭아가 좋아!" 내가 이렇게 말하면 그가 물었다.

"황도, 백도, 천도? 종류가 많잖아, 뭐가 젤 좋은데?"


그렇게 우리는 '좋아하다'의 구체적인 목적어를 고르러 다녔다.

뭘 좋아하는지도 모르고 살던 내가 그를 만나서 '취향'이라는 걸

디테일하게 알게 된 시절이었다.

갓 오븐에서 꺼낸 얼 그레이 파운드케이크, 일본 잡지 〈브루터스〉,

줄무늬 컵, 부직포 코스터, 봄 흙의 부드러움, 불투명 테이프,

가을비의 무화과 향, 생크림이 사르르 녹은 시나몬 토스트,

터지기 직전의 카디건 어깨솔기, 뱅쇼의 찡긋한 끝 맛….

나는 그 평범함 속에 스민 모든 것이 좋았다.

자주 그가 아끼는 잡지에 커피를 쏟았으며,

그것에 당황하는 그의 표정을 즐기고 있었다.

우리가 그 시간 속, 거기에 있었다는 것을 증명하고 싶었다.


"난 우리가 만만해졌으면 좋겠어."


아, 담백해.

사귀자는 말을 이렇게 사소하게 건네던 그였다.

그 말 한마디가 내 평범한 시간을 특별하게 만들어주었다.

그는 내가 무언가에 정신을 잃고 빠져 있을 때

그게 옳고, 그른가를 따지는 게 아니라

있는 그대로의 내 세계를 존중했다.

내가 한때 땡땡이 무늬에 중독돼서 그것만 사 모을 때도

똑같은 거 산다고 구박하는 일 따위는 없었다.

그 땡땡이들의 동글한 탄력감, 서로의 거리, 이것들이 어우러져

나에게 주는 기분이 제각각 다르다는 걸, 그는 이해했다.

그는 내가 '좋아하는 것을 발견하는 연습'을 하는 동안

두 팔 벌려 응원해주었다.

끈기가 없어 결국 다 배우지 못했던 타로카드도 사주었고

서툰 내 우쿨렐레 연주도 들어주었다.

그의 옆에 있는 동안 내 취향도 무럭무럭 자랐다.

우리가 산책하기 좋아하는 동네도 생겼다.

삼청동에서 100발자국 떨어진 '계동'.

발꿈치를 살며시 들면 잘 빗은 머릿결 같은 기와지붕이 보이고

구석구석 편안한 나무 냄새를 풍기는, 비가 오면 더 멋진 동네.

분명, 매서운 바람이 뺨에 닿는데

이상하게도 신이 났던 겨울이었다.

그의 손에 이끌려 류이치 사카모토의 피아노 연주회에 갔고

그날 받았던 충격은 아직도 생생하다.

맨 귀를 파고드는 피아노 선율에 놀란 것이 아니다.

거기에 온 사람들의 패션에 나는 눈이 휘둥그레졌다.

한겨울의 메마른 공기를 거기 모인 사람들이 바꾸어놓았다.

사방에 흘러넘치는 자유로움과 여유가

그곳의 공기 입자 하나하나를 생글거리게 만들었다.

나도 그 공기에 빨려 들어가 그 모습에 넋을 잃었다.

이 근사한 풍경에 내가 껴 있다는 게 믿기지 않았다.


'분위기에 매료된다.'


이 말의 느낌을 온몸으로 받았다.

그는 그렇게 나를 새로운 공간으로 데리고 다녔다.

공간뿐만이 아니다. 새로운 시간으로도 이끌었다.

예의 바르게 민트 잎 따는 손목의 각도를 알려주고,

함께 흥얼거리던 멜로디의 역사를 들려주고,


소중한 것은
모두 네가
가르쳐줬어

하이볼이 얼음과 만나서 사각거리는 순간의 짜릿함을 보여주었다.
그 모든 것은 마음의 이끌림에 따라 살아가는 사람의 일상이었다.


'가까이 있는 것은 뜨거운 마음으로 지켜야 하는 거라고.'


매일매일 말이 아닌 행동으로 내게 가르쳐주었다.
그런 우리의 모습에서 앞으로 살아갈 모습이 짐작되었다.


내가 좋아하는 것을 실컷 탐구해봤던 시기였다.
그 안에는 많은 시도와 실패들이 있었지만 그 모두는
해보지 않았으면 끝끝내 모를 소중한 것들이었다.
아무리 노력해도 흥미가 붙지 않은 것도 있었다.
가령 야구 같은 건 아주 잠깐도 지루했고,
고양이는 무서워서 슬슬 피해 다녔고,
흙을 만지며 그릇 만드는 것엔 영 취미가 없었다.


뜻밖의 일도 있었다.
유명한 패션 사진작가가
나에게 사진을 해보지 않겠냐고 제의하기도 했다.

기가 막혔다. 내가? 나에게 정말 그런 재능이 있다고?
다른 사람도 그 누구도 아닌 그분이 내게 그런 말을?

여러 가지 이야기를 할 수 있겠지만
사진은 호기심이 생겨야 해요. 무엇에든지.
그래서 호기심이 많은 친구들이 사진을 찍기를 저도 바라고요.
저도 호기심이 많은 편입니다.
그런데 현진 씨 사진은 호기심도 불필요한 장식도 없지만
그냥 좋습니다.

물론 사진 찍는 걸 좋아했다. 사진작가를 꿈꾸기도 했다.

처음엔 그분의 칭찬이 그저 가벼운 거라 생각했다.

그런데 구체적인 카메라 장비 목록을 조언받는 순간,

나는 진지하게 고민했다.

아무것도 아닌 나 같은 나부랭이에게 그런 말을 할 정도로

그분은 한가하지 않고, 쓸데없는 짓도 할 리 없기 때문이다.

나는 일이 손에 잡히지 않아 한동안 둥실둥실 떠다녔다.

내가 그런 고민에 빠져 있을 때 그는 말을 아꼈다.

그다운 반응이었다.

어쩌면 빨리 정신 차려라 따위의 말을 해주길 바랐는지도 모른다.


대신 그는 내 사진을 크게 뽑아 카페에 걸어주었다.

비 오는 날 찍은 도쿄타워의 사진이었다.

우연히 그걸 본 신혼부부가 거실에 걸고 싶다며 그 사진을 사갔다.

그 순간, 마음이 소름끼치게 상쾌했다.

아, 이것도 참 괜찮은 느낌이네? 그냥 이대로도 너무 좋잖아.

그래서 나는 사진작가의 길을 포기했다.

좋아하는 사진 찍는 일을 직업으로 삼았더라면 어땠을까 하는

궁금증도 물론 남는다.

하지만 내겐 더 큰 게 남았다.
새로운 걸 시작할 때의 용기보다
포기할 줄 아는, 더 큰 용기가.

.

# 기다림의 천재

"
아직 때가 아니야.
"

홍대의 시간은 빠르게 흘렀다.

자고 일어나면 가게들이 없어지고 생겨났다.

무심한 내 눈에도 홍대 상권의 흐름이 보이기 시작했다.

그의 주변인들, 유학 동기들이 자신만의 브랜드로 승승장구할 동안

그는 홍대 언저리에서 계속 적자를 찍어대고 있었다.

그러면서도 힘든 내색을 하지 않았다.

그 한결같음이 때론 지켜보는 사람을 지치게 하기도 했다.

그의 기쁨은 손님이 그릇을 싹 비우는 것이었고

그의 슬픔은 손님이 남기고 간 음식의 양만큼이었다.


돈에는 욕심이 없는 걸까?

이러다가 가게 문 닫는 건 아닐까?

나는 아무 말 없이 가만히 지켜보기만 했다.

그가 내게 그래주었듯이.

그렇게 시간이 조금 더 흐른 뒤

매출은 바닥을 찍었고 그는 와르르 무너졌다.

얼핏 보기에는 평화로웠던 그의 마음이

사실은 매일매일 지옥이었던 것이다.

목구멍에 걸려 있던 말을 그가 뱉었다.

"내가 좋아하는 걸 계속 지켜나갈 수 있을까?"


홍대에서 카페를 한다는 건 생존의 문제고, 현실은 전쟁이다.

그에겐 사업적 수단이 한 뼘도 없었다.

소득신고나 세금정산 이런 것들에 어이없이 서툴렀다.

건강보험을 내지 않아 몇백만 원의 폭탄을 맞고

그의 사업은 결국 커다란 마이너스를 기록했다.

어쩌면 예견된 결과였다. 이익이 남을 리 없었다.

비싸고 좋은 재료만 썼고, 물조차 유럽 생수를 사다 썼다.

미친 거지. 누가 알아준다고.

아무도 알아주지 않는 그 철칙을 혼자 지켜나갔던 것이다.

그도 점점 지쳐갔다.

나는 도움이 되고 싶어 메뉴판을 바꾸는 등 여러 가지 제안을 했다.


그런데 그는 아무것도 바꾸지 않았다.

남들이 뭐라고 생각하든 '이게 내 스타일이야.' 하면서

아무리 성공했던 전략들도 쳐다보지 않았다.

자신의 감각을 믿고 끝까지 밀고 나갔다.

그럴 땐 정말 '실행' 버튼을 누르면 그대로 행하는 로봇 같았다.

가장 최악의 시절을 대하는 태도,
도망가려 하지 않고 바짝 밀착해서
그것을 정면 돌파해가는 그 씩씩함이,
나는 미치도록 좋았다.
가장 자기다운 것에 자신을 거는 모습이,
울컥 아름다웠다.


그러던 어느 날,
손님이 없는 텅 빈 카페에 무심코 앉아 있는데
단번에 카페를 감싸는 햇빛을 느꼈다.
나는 그냥 느끼는 대로 적었다.


햇빛이 들어오는 대로
바람이 불어오는 대로
그곳에서 살아 숨 쉬는 다정한 공간.


카페의 주인공은 '햇빛'이었다.
그 햇빛은 첫눈이 올 때,
소나기가 쏟아질 때,

산들바람이 불어올 때,

벚꽃 비가 내릴 때,

뭉게구름이 드리울 때,

다양한 얼굴로 우리를 찾아왔다.

그는 내가 쓴 이 비문을

비싸고 큰 액자로 제작해 카페 앞에 내걸었다.

그것이 그가 나를 아끼는 방식이었다.

그 글귀가 마음에 들어서가 아니라

내가 '글 쓰는 걸 좋아하는 사람'이라는 걸 존중해주기 위해서였다.

정말 신기하게도 어떤 마법의 힘이 통했는지

그걸 내건 이후로 카페에 손님이 늘기 시작했다.

그가 말한 '때'가 된 것이다.

그는 사과가 땅으로 떨어지는 게 만유인력의 법칙이 아니라

때가 돼서 그런 거라고 생각하는 사람이었으니까.

드디어 진심이 담긴 카레를 손님들이 알아봐주기 시작했다.

그의 저력이 이제야 드러나기 시작했다.


그는 눈이 오든 비가 오든, 적자이든 흑자이든,

우리의 연애가 뜨겁든 미지근하든, 그런 것에 상관없이

늘 주방에서 같은 시간에 무언가를 꼼지락거렸다.

뭘 그리 하는 걸까?

그는 매일 같은 시간에 양파를 썰었다. 그리고 볶았다.

양파를 오래 볶으면 캐러멜 색으로 변하면서 맛도 그렇게 변한다.

내가 알고 있는 새하얀 양파의 모습은 사라지고

투명한 캐러멜이 되어버리는 것이다.

그게 바로 카레에 숨어 있던 맛의 베이스였다.

아무도 시키지 않은 그 일이 그에겐 가장 중요했던 것이다.

그때까지만 해도 그의 손끝은 여렸다.

그렇게 조용히 내일의 카레를 위해 준비하고 있었던 것이다.


그는 '처음 가졌던 마음'을 묵묵히 지켜나갔다.

내가 좋아하는 것을 계속해 나갈 수 있는지에 대해

단 한 가지만 생각했던 것이다.

그의 카페엔 팬들이 늘어갔다.

그가 만든 공간이 그랬듯이 카페의 손님들도 그를 닮아갔다.

모두 '자신이 좋아하는 것을 하는 사람들'이었다.

자신이 좋아하는 것들을 손에 쥐고, 싸들고 다녔다.

나는 교복을 입은 고등학생들이 자기 카메라를

가지고 있는 것이 부러웠다.

10대의 시선으로 누르는 셔터는 다를 테니까.

카페 안 사람들은 늘 무언가를 했다.

자신들에게 어떤 미래가 들이닥칠지도 모른 채,

그림을 그리고, 사진을 찍고, 책을 만들고, 바느질을 했다.

자신이 좋아하는 일을 하는 사람 특유의 윤기를 풍기면서.


그의 카페가 홍대에서 묵묵히 버티고 있는 동안

손님들도 아마추어에서 프로페셔널이 되어갔다.

유명한 일러스트작가가 되고,

유명한 사진작가가 되고,

유명한 편집자가 되었다.

그리고 그곳에서 일하던 알바생은 유학을 다녀온 뒤,

유명한 셰프가 되었다.

그 끝에 무엇이 기다리고 있는지 모르고 가는 그 길의 매력.

우리 모두가 그 길을 함께 걷고 과정을 지켜본 것이다.


그런데 카페의 위기조차 함께 넘겼을 그 팬들이

모르고 있는 하나가 있다.

그가 기다림의 천재라는 것을.

그 모든 풍경 속에서

그는 모두에게 성실하게 운행되고 있는 소우주였다.

# 소리 내어 읽고 싶은
# 손 편지

언제 터트릴 거야?

3년이 흐르고 우리는 서서히 멀어졌다.

우리 아빠가 밥 말리를 좋아한다고 말하면

내게 밥 말리 시디를 선물하던 그를, 남자 이전에

한 인간으로서 먼저 좋아할 수밖에 없었다.

아주 오랫동안 좋아하면 생기는 두꺼운 더께 같은 것,

그게 한순간에 갑자기 사라질 순 없다.


결코 질리지 않는,

절대 질릴 수 없는,

그 편안함의 의미를, 나는 알고 있다.

가까워질 때도 그랬듯이

멀어지는 것도 천천히 하던 우리였다.


서른을 지나던 시절의 내 모든 것.

함께 있을 때 가장 나다울 수 있는 사람.

그렇게 시간이 흐르고, 나는 그의 의미를 완벽히 알게 되었다.

이렇다 할 이유가 없는 끝이었다.

어쩌면 그의 한결같음에 질려버려서 내가 도망친 것일 수도 있다.

둘 다 그렇게 긴 호흡의 연애는 처음이었고 어리둥절했었다.

끝내고 싶었던 적도 많았지만 어떻게 끝내야 하는지조차
몰랐던 것이다.


그럼에도 불구하고 계속 지켜나가는 게 의리라고 생각했다.
그는 익숙함을 놓을 용기를 같이 배워가던 든든한 동료였다.
헤어지고 나서도 헤어지지 않은 느낌이다.
오랜만에 꺼내보는 책에선 그가 써주었던 편지들이
툭툭 튀어나오곤 한다.
소리 내어 읽고 싶은 손 편지.


나는 니가 본 세상에 대한 표현이 자랑스럽고 아껴주고 싶어.
그 언젠가 세상에 나타날 너의 일상에 대한 기록이
우리의 모습과 가장 닮았을 때를 기다리면서
가장 가까운 곳에서 지켜볼게.


그는 그토록 긴 시간 동안
단 한 번도 내게 사랑한다는 말을 해준 적이 없었다.
그 흔해빠진 말을….
그 말을 해주지 않아도 그의 마음이 전혀 미심쩍지 않았다.

그 말을 뺀 그의 모든 행동이 그렇게 말해주고 있었기 때문이다.
그가 나에게 준 '확신'이었다.

오랜만에 그에게서 문자가 왔다.
바람이 부는데 그 속에서 그의 냄새가 난다.
피존의 뽀송뽀송한 냄새에,
품에 안겨 있던 강아지 발바닥 냄새,
베이킹파우더 냄새, 캐러멜 양파 냄새,
고소하고 따뜻한 버터 냄새가 섞여 있었다.
그의 냄새의 절정은 땀 흘릴 때의 해양 심층수처럼 맑은 냄새였다.
지금 그의 문자가 땀을 흘리고 있다.

오빠 결혼한다.

사진을 보니 여자 머리가 숏커트다.
하하, 웃음을 터뜨릴 수밖에 없다.
그렇게 머리에서 연결되는 턱 선이 중요하다며 노래를 부르더니
그가 결국 해냈다.

소중한 것은
모두 네가
가르쳐줬어

나는 그동안 궁금한 안부가 많았다.

내가 없이도 민트 화분들은 다 잘 크는지?

알바생들은 간식으로 요즘엔 뭘 먹는지?

캐나다에 있는 조카와 영어로 대화하는지, 한국어로 대화하는지?

이번 명절엔 건물주 할아버지에게 무슨 선물을 했는지?

그랬지만 깔끔하게 답장했다.

이 모든 마음을 담아.


축하해, 오빠답게 예쁘게 잘살아.


우리의 안부가 흐뭇하고 정겹다.

성당 앞에 '경축 부처님 오신 날'이라고 써놓은 글을 본 그런 느낌.

정성스럽게 축의금이라도 보내고 싶은 마음이다.

이건 무슨 오지랖이지?

긴 시간 동안 인생을 공유했던 한 사람이

중요한 숙제를 자신만의 스타일로 끝낸다.

그걸 지켜보는 기분은 소름끼치게 상쾌하다.


글 쓰는 거 게을리하지 마!

이게 그가 마지막으로 남긴 메시지였다.

잘 차려진 저녁을 먹고 기분 좋은 디저트로 마무리하는 느낌이다.

그는 내가 글 쓰기 좋아한다는 걸 가장 잘 아는 사람이었다.

그걸 끝까지 기억해주는 사람.


나에게도 끝까지 기억하고 싶은 우리들의 순간이 있다.

그해 봄, 벚꽃은 유난히 눈부시게 환했다.

부암동 벚꽃들은 열 걸음마다 한 그루씩,

너무 멀지도 가깝지도 않은 적당한 거리에 서로를 곁에 두고 있었다.

벚꽃이 막 터진 팝콘처럼 우리 앞에 흐드러져 있었다.


"언제 터트릴 거야,

넌 저렇게, 언제 터트릴 거냐고?"

기다림의 천재가 나에게 묻고 있다. 재촉하고 있다.

나에게는 '그 언젠가'가 과연 언제 오게 될까? 오긴 하는 걸까?

내 지인들은 척척하고 책을 내는데 나는 끝내 내지 못했다.

출판사 미팅을 하고도 결국 써놓은 글을 다 엎어버렸다.

소중한 것은
모두 네가
가르쳐줬어

"서점엔 두 가지 책이 있는데,

하나는 누워 있는 책, 하나는 서 있는 책!

나는 니 책이 매대에 누워 있었으면 해,

그래야 더 많은 사람이 만지니까."

지금 이 상태대로라면 내 책이 서 있어야 할 것 같았다.

그는 항상 내 글을 가장 처음으로 읽었다.


"이건 니가 쓴 건지 모르겠어. 니가 안 느껴져.

다른 사람을 흉내 내지 말고, 읽으면 바로 니가 뚝뚝 흐르는 글을 써."

"뭐야, 오빠가 내 글 감별사야?"

"너 알지, 내가 왜 그렇게 재료에 목숨 거는지?

재료가 신선해야 해, 그래야 그 식감이 그대로 전해지는 거거든.

글도 마찬가지야, 너를 그대로 전해야지."

"내가 재료야? 그럼 진짜 신선해야겠네. 저 달걀처럼?"


그가 결혼을 한다 해도 한 가지는 변함없다.

앞으로도 자기가 좋아하는 일을

자신의 페이스대로 할 것이라는 것.

그리고 나도 그러고 있다는 안부를 꼭 들려주고 싶다.

좋아하는 걸 지켜내는 단단한 힘, 내게도 생겼다고.

그게 내가 줄 수 있는 가장 큰 결혼 선물이니까.

그게 그를 만났던 사람의 예의니까.

그가 그렇게 가르쳐줬으니까.

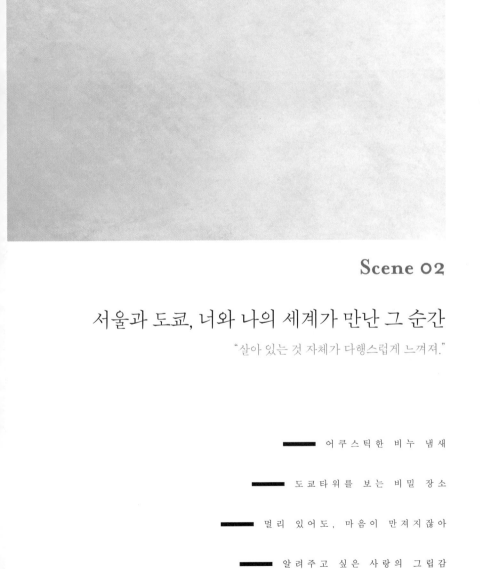

# Scene 02

## 서울과 도쿄, 너와 나의 세계가 만난 그 순간

"살아 있는 것 자체가 다행스럽게 느껴져."

# 어쿠스틱한
# 비누 냄새

"
내가 방금 니 목숨 구해준 거야.
"

"요요기 공원? 너 거기 가면 죽어."

1시간 전에 나는, 생명의 은인에게 발견되었다.

내 인생을 통틀어 가장 거짓말 같은 일이 일어나고야 만 것이다.


만일 너에게 행운이 있다면, 젊을 때 파리에서 살게 될 거야.


이렇게 헤밍웨이가 말했듯이

도쿄에서 1년을 살았던 내게도 분명, 행운이 있었다.

더 분명한 건, 앞으로도 내게 도쿄의 추억은

어딜 가나 따라다닐 것이며 그 특별한 공기에

나는 일상적으로 휩싸여 있을 것이란 사실이었다.

그렇게 내게 제2의 고향이 생겨버렸다.

그 이후로 마음이 헛헛할 때,

운동화를 신고 여권만 챙겨 덜렁 도쿄로 오곤 했다.

출입국 관리소에서 아직도 더 관광할 게 있느냐,

넌 뭔데 이렇게 자주 들락거리느냐며 물어보기도 했다.

조금 무리를 해서 주말에 도쿄로 날아가고 새벽 비행기를 타고

다시 서울로 돌아오는 주에는 몸과 마음이 다 싱싱했다.

하품마저도 싱싱했다.

도쿄에 와도 내가 특별히 하는 일은 없었다.

서점에 박혀 있거나 공원에 있거나 둘 중 하나였다.

도쿄가 부러웠던 건 단 하나, 24시간 운영하는

서점 쓰타야가 있기 때문이었다.

그날도 보통의 날들처럼 책 구경을 하고 있는데 누가 말을 건다.


"너 한국인이지?"


고개를 쳐들어보니 오 마이 갓!

잘 빚어놓은 조각상이다.

파란 눈의 조각상이 내게 말을 건다. 아, 비현실적이야.

이걸 뭐라고 설명해야 할까?

마치 이건 여름 성경학교에 예수님이 문 열고 걸어오는 느낌이랄까?

그가 말을 거는 그 순간 나는 그의 눈빛으로 빨려 들어갈 기세였다.

내 머리부터 발끝까지, 그의 눈이 나를 만지는 느낌.

눈빛 샤워 같은 거, 이건 뭐지? 이 느낌은?


"어떻게 알았어?"

"그냥 딱 보면 알아.

엊그제 서울 놀러 갔다가 왔거든, 근데 비행기에서 널 봤어.”


나처럼 생긴 비슷한 사람을 본 거겠지. 난 흔하게 생겼으니까.

그의 손에 들려 있는 건 한문책이었다.

그 또한 도쿄에선 한문을 공부해야만 하는 외국인이다.

여행 온 것 같지는 않았다.

나도 한문을 끔찍하게 싫어해서 피해 다니는데

그도 끝끝내 미루다가 어쩔 수 없이 공부해야 하는 거라 했다.

한문을 싫어하는 것도 일본어 수준도 나와 비슷했다.


“내일은 뭐 할 거야?”

“요요기 공원 가려고.”

“너 뉴스 못 봤어? 너 거기 가면 죽어.

거기 살인 진드기 나와서 공원 폐쇄됐어.”

“진짜야? 말도 안 돼.”

“내가 방금 니 목숨 구해준 거야.”


그의 입에서 나온 뜻밖의 뉴스를 듣고 놀랐다.

우리는 그 자리에 서서 1시간을 이야기했다.

조각상과 서점에서 수다를 떨다니, 내게 이런 일도 있구나 하면서.

그가 운동 가야 하는 시간이라며 서로의 연락처를 주고받기로 했다.

그런데 그의 주머니에서 삐져나온 아이폰 충전기가 바닥으로

떨어질랑 말랑 하고 있다. 결국 충전기가 퍽 하고 떨어진다.

그걸 주워드느라 상체를 숙였다가 일어나는데 비누 냄새가 난다.

어쿠스틱한 비누 냄새.

그 순간 우리를 둘러싼 모든 공간이 투명해지는 듯했다.


"근데 너 여기서 무슨 일해?"


그가 잡지 코너에서 패션지 광고 페이지를 펼친다.

디젤이다! 그런데 그 안에 그가 있다! 이거 꿈이야?

우리가 평소에 모델이라 부르는 그 생물체가

내게 말을 걸었던 것이다. 그리고 미소를 남기곤 사라졌다.

나는 그날 이후로 그가 가진 100가지의 미소를 더 알게 된다.

그가 쓰고 있는 얼굴 근육은 왠지 한국인에게는 없는 것만 같았다.

처음 내게 말을 걸었을 때 보인 상쾌한 미소,

너와 뜻이 다르지만 존중한다는 미소,

친절한 미소,

슬픈 미소,

심심한 미소,

지루한 미소,

찝찝한 미소,

나중에 다 말해줄 거라는 미소.

그의 얼굴에 골고루 녹아 있는 수많은 미소를

다 알게 될 것이라고는 그때까진 몰랐다.


쓰타야를 나와 롯폰기에 있는 디젤 매장 광고판 앞에서

나는 멈춰 섰다. 심호흡 한 번 하고 다시 쳐다봤다.

방금까지 얘기를 나눈 조각상이 웃고 있다.

'내가 방금 니 목숨 구해준 거야.'

생명의 은인 같은 건 왠지 박력 있게 나타나는 거라 생각했는데,

이렇게 어쿠스틱한 비누 냄새를 풍기며

로맨틱하게 내 앞에 등장하다니.

분명, 살아 있는 것 자체가 다행스럽게 느껴진다.

이런 생각이 든 건 처음이다.

모든 게 완벽하다.

# 도쿄타워를 보는
# 비밀 장소

"
너한테 보여주고 싶은 게 있어.
"

다음 날 저녁, 그가 롯폰기로 날 불러냈다.

근사한 레스토랑으로 들어가던 그 순간이 아직도 생생하다.

그곳의 모든 직원들이 하이파이브를 곁들인 포옹을 했다.

그들이 만들어내는 활기가 좋았다. 그에게 익숙한 공간이다.

우리는 주문한 음식을 먹는 둥 마는 둥 하고 계속 이야기를 했다.

언어가 다른 두 인간이 이렇게 마음이 잘 통해도 되는 거야?

내 영혼이 자유롭게 들락날락하는 거, 이런 게 가능한 거였어?

언어가 다른데도 그의 농담과 디테일한 뉘앙스,

그 결이 어떻게 잘 느껴지는 거지?

낯선 외국어가 서로를 투명하게 관통하는 이 느낌,

그 연결고리엔 어마어마한 게 있었다.


"게장? 게장을 좋아한다고?"


우리는 완벽한 스테이크를 앞에 두고 게장 이야기에 빠져들었다.

양념이냐 간장이냐를 두고 미묘한 긴장감이 감돌았다.

그도 역시나 간장게장이었다.

간장게장은 나의 소울 푸드였다.

힘든 일이 있으면 그 순간 모든 일을 멈추고,

나는 게딱지에 밥을 비볐다.

게장은 입으로 게를 '감싸면서' 먹는 음식이다.

차가움과 뜨거움이 만나는 그 순간!

달큰한 젤리가 내 입에서 녹아버리는 그 느낌.

내가 현실의 바닥에서 한 뼘 떠 있는 것 같은 그 기분.


"그거 먹을 때… 나 행복해.

살아 있는 탱글함을 들이마시는 기분이야."


와, 이걸 어쩌면 좋아. 입맛 천생연분을 만났다.

게장부터 시작해서 회에 쌈장 찍어 먹는 것까지,

이 인간은 도대체 어느 별에서 온 그대인가?

그러더니 이상한 섬 사진을 꺼내서 보여줬다.


"진도? 나 여기에 가보고 싶어. 이렇게 물이 차면 섬이 되고

다시 길이 나는 이곳이 너무 멋져."

"여길 어떻게 알아?"

"고등학교 수업시간에 배웠는데?"

파리에서 고등학교 다닐 때 저걸 보고 한국에 오고 싶었다고 했다.
그래서 그때부터 한국 드라마에 빠져버렸다고 했다.
심지어 일본 집에서도 그는 늘 한국 드라마를 본다.


"일본이 너무 싫어, 그런데 에이전시가 여기 있어서 여기 살아야 해."


그가 일본을 디테일하게 디스할 때, 우리는 더 가까워졌다.
같이 일하는 일본 사람들의 특징을 명확하게 설명하고
성대모사까지 했다.
어떤 부분이 싫은지가 고스란히 내게 느껴졌다.
그래놓곤 신문을 반으로 접어서 보는 등 일본인의 습관이
몸에 배어 있는 그런 아기자기한 모습이 보기 좋았다.
그리고 잠시 후 나는 첫 키스 때 들린다는 종소리를 듣는다.


"두 가지만 말할게.
첫째, 살 빼지 마. 둘째, 살 빼려는 생각도 하지 마."


이게 무슨 말이야? 나 잘못 들은 거지?
여태껏 들어본 적 없고 앞으로도 들을 리 없는 그 말.

이런 말을 하는 남자가 지구에 있다니.

그는 일하면서 기분 나쁜 몸들을 의무적으로 보며 살아왔다고 했다.

'기분 나쁜' 몸. 우리는 그런 표현을 잘 쓰지 않는다.

그런데 일본 말엔 그 말이 대놓고, 당당히 있다.

기분이 나쁘다는 말 그대로의 표현, '기모치 와루이'라는 표현을 썼다.


"넌 뭐가 싫어?"


보통은 서로에 대해 알아갈 때 '좋아하는 것'에 집중한다.

좋아하는 것을 더 많이 해주려고 노력한다.

늘 플러스만 생각하고 있는 거다.

그런데 이 남자는 마이너스에 대해 생각한다.

싫어하는 것을 덜어주는 행동.

어쩌면 그런 배려야말로 아끼는 사람에게

해줄 수 있는 가장 뭉클한 사랑의 표현 같다.

그가 이런 생각을 하는 것은, 외국인이기 때문만은 아닐 거다.

외국인이기 때문에 언어 너머의 이 마음이

실제인 건지 환상인 건지 모를 순 있다.

분명한 건 일본어로 대화를 나누고 영어로 문자를 하는데

여느 남자보다 더 커뮤니케이션이 잘된다는 그 사실이다.

나는 비행시간을 앞두고 서둘러 하네다로 출발해야 했다.

그런데 내게 비행기를 놓쳐도 괜찮을 만큼, 특별한 순간이 펼쳐졌다.


"너한테 꼭 보여주고 싶은 게 있어."


그는 내 손을 잡고 레스토랑에서 나와 엘리베이터를 탔다.

2층에 내리니 테라스 같은 것이 있는 둥 마는 둥 있다.

그리고 내 눈앞에 숨 막히게 도쿄타워가 서 있다.

"와, 이런 곳이 있었구나."


나는 모리타워에서 보는 도쿄타워를 좋아했다.

내가 흔들릴 때, 서글플 때, 넘어져버리고 싶을 때

늘 그 자리에 가만히 서 있는 그 느낌이 좋았다.

내가 그렇게 자주 가던 롯폰기였고, 그렇게 자주 보던 도쿄타워였다.

그런데 왜 처음 보는 것처럼 새롭게 느껴지지?

그를 통해 몰랐던 걸 발견하게 됐다.

도쿄타워를 보는 전혀 새로운 각도의 장소.

한눈에 그 웅장함을 제대로 느낄 수 있는 위치였다.

도쿄타워는 30분마다 색깔이 변하고 있었다.

파란색에서 다시 빨간색으로 변하는 순간,

그가 내 얼굴을 확 잡아끌어 가져가 버렸다.


그의 발은 작고, 손은 유난히 컸다.

내 얼굴이 작게 느껴지게 하는 그, 손길이 좋았다.

그러곤 입술로 리본을 묶었다.

내 체온이 제멋대로 오르락내리락했다.

그가 펼치는 섬세한 디테일,

이것은 마치 친구가 64색의 크레파스를 들고 나타났을 때의 충격.
아니 세상에 이렇게 색깔이 많았단 말인가?
두 개를 섞으면 새로운 색이 탄생하듯이
그는 자유롭게 다양한 색깔을 섞어 만들어냈다.


아, 새로워.
이런 게 세상에 있어?
여태껏 난 뭘 하고 살아온 거야?

# 멀리 있어도,
# 마음이 만져지잖아

"
배우면 돼.
"

서울에서도 늘 도쿄를 생각했다.

도쿄의 기분으로 살고 싶어서 일본 작가의 소설만 끼고 다녔다.

그러자 나에게 새로운 감각이 생겨났다.

책장을 넘길 때면, 차가운 공기를 확하고 가로지르며

그 순간을 잡아채듯이 그의 손이 내 손을 꽉 감싸던

느낌이 떠올랐다.

분명 내가 만진 그 페이지가 그의 손처럼 느껴졌다.

같은 감촉이다.


누군가가 내게 시간과 에너지를 쏟고 있다는 것,

그 확신이 손끝으로 느껴지는 것.

그가 보여주고 있는 그 마음이 만져진다는 것.

이걸 뭐라고 하는 거지?

사랑의 그립감?

나는 그것을 '사랑의 그립감'이라고 부르기로 했다.

태어나서 처음으로 내가 느꼈던, 최초의 사랑의 그립감이다.

롱디? 멀리 떨어져 있는 게 무슨 상관이야?

마음이, 만져지는데.

소중한 것은
모두 네가
가르쳐줬어

우리가 멀리 있는 동안 계절이 변했다.

그러면서 우리의 관계도 변할 것만 같았다.

이 비현실적인 관계가 믿기지 않아

어떨 땐 친구를 데리고 도쿄에 갔다.

내 두 눈은 믿기지 않으니 이게 꿈이 아닌

일상이라는 걸 친구에게 확인해달라고.

'함께 있으면 얼마나 빛나는지'를 확인하고 싶어

'우리만의' 애정 행각을 벌였다.

나도 몰랐던 과감함이 튀어나오는 순간, 스스로에게 놀라고야 말았다.

내게도 이런 모습이 있었어?

그건 공간이 바뀌어서가 아닐 거다.

분명, 내 옆에 있는 사람이 내 안에 있는 나를 끄집어내 준 거다.

좋아하는 음악을 나눠들으며 걷다가 그에게 물었다.


"기타 칠 줄 알아?"

"응, 배우면 돼!"


그러곤 3개월 뒤에 어쿠스틱한 비누 냄새를 풍기며

그가 정말 기타를 들고 서울에 왔다.

기타 솜씨보다 날 더 놀라게 한 것이 있다.

그의 품에 안기면 세상 모든 일들이 너무 쉬웠다.

한 번도 성공해본 적 없는 일본어로 하는 말싸움까지도,

그 순간만큼은 무적의 내가 되었다.

과거의 후회, 미래의 고민 같은 건 옆으로 잠깐 치워두고

지금 이 순간에만 집중했다. 그다음 우린 어쩌지?

그다음은 없어도 좋다고 생각했다.

그것이 우리가 현재를 대하는 방식이었다.

힘든 일이 있으면 우리는 모든 일을 멈추고 함께 게장을 먹으며

그 순간을 이겨내고 있었다.

그야말로 우리는 서로의 게장이었다.

# 알려주고 싶은
사랑의 그립감

우리에게, 침대에서 보낸 추억은 특별했다.

서로가 너무 신기했다.

그는 왼손잡이라 모든 걸 왼손으로 했다.

어떤 부분은 섬세하게 디테일했고

어떤 부분은 과감하게 확 건너뛰는 유연함.

받아들일 수밖에 없는 부드러운 그였다.

그가 왼손으로 날 만져줄 때 긴 겨울잠을 자던

내 모든 감각이 다 깨어나는 느낌이었다.


"근데 니 가슴 말야….".


그의 한마디에 내 인생에서 소름끼치게 두렵고, 슬프고,

무서운 시간이 시작되었다.

설마, 그동안 무관심하게 살아서 벌 받는 거야?

평생토록 나와 같이 하루 24시간을 함께하는 가슴인데,

한 번도 제대로 보려고 한 적도, 본격적으로 알려고 든 적도 없었다.

그런데 그러고 보니 뭐가 만져지는 느낌이다. 이게 뭔지 나도 모른다.

그의 말에 따르면 이런 가슴은 '처음'이라고 했다.

그걸 똑같이 느꼈을 사람, 분명 있었다. 다만, 말해주지 않았을 뿐.

소중한 것은
모두 네가
가르쳐줬어

작가협회 건강검진이 있어도 밀린 잠을 자느라 건너뛴 적도 많았고
특히 가슴 검사는 그 느낌이 별로라고 해서 계속 스킵하고 있었다.


아, 이제 나는 어떻게 해야 하는 걸까?
나 아픈 거야?
왜 하필 지금이야?
아프면 나 엄청 불쌍하게 보이겠지?
결국 이러려고 그가 나타나고 그랬던 거야?


선배 언니에게서 쌍욕을 얻어먹고 언니가 소개해준 병원으로 갔다.
쿵, 쿵, 쿵, 쿵. 머리에서 심장이 뛴다.
심장에서 느껴져야 하는 심박이 왼쪽 머리에서 느껴졌다.
전문 병원의 기세는 등등했다. 뭐가 그리 거창한지
아프지 않은 사람도 아프게 될 것만 같은 분위기다.


"이거 유전이에요."


뭐지, 이 비장한 말은? 유전이면 엄마한테서
내가 무엇을 물려받았단 말인가?

한 번도 듣도 보도 못한 끔찍함이 얼굴을 들이밀기 바로 직전이었다.


"하하하하하하하하하하하."


선생님의 호탕한 웃음이 저 쇳덩어리 검사기계를 뚫을 것 같았다.
아니, 이렇게 환자를 앞에 두고 웃어도 되는 거야?
의사에게도 갖춰야 할 예의가 있고 책임질 도덕성이 있는 걸로
알고 있는데.
"현진 씨 가슴은 0.1%예요."
"그게 뭐예요?"
"조직이 너무 치밀해서 오히려 혹 같은 게 자라날 틈도 없어요.
이거 봐요, 여기 빽빽한 거. 걱정 말고 정기검진만 잘 받도록 해요."


진정으로 바라는 건 온 우주가 도와준다는데
내가 방금 그 도움을 받은 거야?
비행기가 이륙 직전에 전력 질주를 하듯이,
내 마음은 최고의 속도로 달리고 있었다.
달려가다가 스윽 떠오르는 느낌이다.
내 가슴이 특별한 거라니.

나도 몰랐던 그걸 그가 알아본 것이다. 그가 말해준 것이다.
헐레벌떡 도쿄로 날아갔다. 나보다 그가 더 좋아했다.


"넌 역시 특별해."


특별한 사람에게서 특별하다는 말을 듣는 그 기분은
세상 모든 것을 특별하게 만든다.
우리는 요요기 공원을 걸었다.
살인 진드기가 아직 있다고 해도 그날은 꼭 거길 걷고 싶었다.
분명 걷고 있는데 둥둥 떠다니는 기분이다.
게장을 처음 먹었던, 그날의 느낌처럼.


산책하는 강아지 사진을 실컷 찍었다.
평소에 개를 무서워하지만 사진 찍는 건 좋아했다.
그가 왼손으로 내 카메라를 받아 들면서 말했다.
나보다 더 나를 잘 알아차리는 그의 왼손,
나를 특별하게 만들어주는 그 왼손으로.


"가만 보니까 넌 셔터를 누를 때 손바닥이 보이는구나.

강아지들한테 손바닥을 보여주면 거부감을 느끼지 않거든.
넌 이미 개들을 편하게 해주고 있어."

그 말을 할 때 그의 눈빛은 내 가슴 이야기를 할 때와 같았다.
무언가를 발견했을 때의, 그 따뜻한, 눈빛.

"넌 어떻게 그런 걸 잘 캐치해?"
"난 사진 찍히는 게 일이잖아."

그러곤 처음 만난 날과 같은 미소를 얼굴에 띠었다.
그가 모델이라는 걸 몰랐을 때 내가 본 그 최초의 미소.
이제는 그 미소조차 손끝으로 만져지는 것 같다.
내겐 사랑의 그립감이 생겼으니까.
이 감각은 외로움을 잘 이겨낼 수 있게 해준다.
나는 헤어지고 나면 언제나 상대방에게 쏟았던 에너지를
다시 거둬들이곤 했다.

하지만 이번엔 다르다.
그의 왼손에만큼은, 언제나 그곳에는
내 에너지가 따뜻하게 머물러 있기를 바란다.
운동화 끈을 묶어주고 일어서는 그의 어깨에서
어쿠스틱한 비누 냄새가 흐른다.
그 비누 냄새를 알아차렸을 때 둘만 아는 세상이 열렸다.
발견하는 기쁨, 그 감각을 잃어버리지 않도록
꽉 묶어두고 싶다.
앞으로는 절대 가질 수 없는 희한한 느낌이다.
누군가에게 지칠 때마다 이 시절로 내 마음을 보내버리면,
그러면 되겠다고 생각하니 마음이 놓인다.

그에게 배운 걸 꼭 다음 사람에게 알려주고 싶다는
이상한 기분이 든다.
분명, 집도 없고 차도 없는데 사랑의 그립감을 가지니
다 가진 것 같은 이 신기한 느낌을.

우 리 가
좋 아  했 던
것 들

／

도
쿄
타
워

본다는 것은 '거리를 두고 소유하는 것'이라고 '메를로퐁티'가
말했어요. 저는 그걸 읽자마자 '도쿄타워'가 떠올랐죠. 도쿄타
워를 볼 때, 제 기분이 딱 저 말과 같았거든요. 저는 거리를 두고
그것을 소유하고 있었죠. 모든 것을 대할 때 그런 태도로 대할

수 있다면 얼마나 좋을까요? 그런데 도쿄타워를 제외한 나머지 것들에 대해선 거리도 두지도 못하고, 갖고 싶어 늘 마음을 졸이곤 해요.

일본인들은 힘들 때 가장 높은 곳에 올라가 도쿄타워를 본다고 해요. 거기, 늘 그 자리에 우뚝 서 있는 도쿄타워를 보고 마음의 위안을 얻는다고 하는데요. 그래요, 저도 역시 일본 유학 시절엔 많은 힘든 일을 도쿄타워를 보며 이겨내왔어요.

우리의 마음은 늘 제멋대로 바쁘게 움직이죠. 내가 모르는 방향으로 막 흔들려버리기도 하고요. 그래서 가만히 그 자리를 우두커니 지키고 있는 무언가를 보고 있으면 제 마음도 따라 거기 멈춰요. 도쿄타워를 보고나서야 마음이 괜찮아지는 그 경험은 몇 번이고 반복해도 질리지 않았어요. 그건 괴롭고 힘겨운 일을 이겨내는 감각, 힘겨움을 헤쳐나가기 위한 나만의 방식이었죠.

사람들이 도쿄타워를 좋아하는 마음만큼이나 그것을 소재로 한 영화, 소설들도 다글다글하죠. 심지어 같은 이름을 가진 두 개의 영화가 너무도 다른 사랑 이야기를 담아냈어요. 특히, 에쿠니

가오리의 소설을 원작으로 한 '도쿄타워'는 영화를 보면 볼수록 다시 소설을 집어 들게 만들어요.

그건 아마도 "당신과 함께라면 슬픈 일도 반짝반짝 빛난다."라고 조용히 말하는 에쿠니 가오리의 특별한 능력 때문인 것 같아요. 영화에서 제가 아끼는 장면은 서로 다른 곳에서 도쿄타워를 보면서 통화하는 장면이에요.

"당신이라는 작은 방 안에서 살아요. 그 안이 아니면 난 살 수가 없어…."

우리도 늘 같은 고민을 하죠. 내가 어디에 있어야 하는지에 대해 말이죠. 서로 같은 것을 볼 수만 있다면 다른 곳에 있는 것쯤이야 괜찮지 않은가요? 엔딩 장면에 흐르는 야마시타 다쓰로의 'forever mine'을 들으면서 저는 그 시절 우리를 떠올려요.

"난 도쿄타워가 보이는 아파트에 사는 게 꿈이야." 그가 말했죠. 결국 꿈이라는 건 '우리가 있을 곳'에 대한 구체적인 계획일지도 모르겠어요. 만약에 어떤 큰 행운이 닥쳐 그 꿈이 이뤄졌다

해도, 매일 도쿄타워를 보면서 행복했을까요? 아마 '거리를 두고 소유한다.'는 그 기분을 완벽하게 만끽할 순 없었을 거예요.

저는 그 소중한 감정을 평생 천천히 아껴가며 사용하고 싶어요. 꼭 도쿄타워가 보이는 아파트가 아니면 어때요. 같은 곳에 있을 수 없어도 상관없잖아요.
'도쿄타워' 주인공의 말처럼, 누군가의 작은 방 안에서 살아도 되잖아요. 그냥 서로의 마음속에서 살아가도 괜찮은 거잖아요?

함께 살고 있기 때문이 아니라,

함께 살아가고 있기 때문에, 행복해.

-에쿠니 가오리, 《도쿄타워》 中-

지금, 한번 생각해봐요.
평생, 거리를 두고 소유할 당신만의
도쿄타워는 누구인가요?

# Part 2

# 다만,
# 곁에 있고 싶을 뿐인데

영화 '굿바이' 속엔 이런 이야기가 나온다.

언어가 없던 시절, 사람들은 돌을 통해

자신의 마음을 상대방에게 전했다고 한다.

받은 사람은 그 돌의 감촉과 무게를 느끼면서

상대의 마음을 읽고

부드러운 돌이면 안심하고,

거친 돌이면 걱정했다고 한다.

그런 영화를 아끼는 사람이라면

우리가 계속 만나도 괜찮겠다고 생각했다.

## Scene 03

# 숨고 싶던 밤, 우리의 눈부셨던 야간 비행

"어떠한 난기류라도 결국엔 다 지나간다고."

# 조종사의 일

"
어디가 땅이고 어디가 하늘인지
착각하는 거죠.
"

그는 마치 사랑에라도 빠질까 봐 겁내는 사람 같았다.
우리가 단 한 번도 싸워본 적이 없다는 사실이
그걸 증명하고 있었다.
'싸움' 자체는 데이트의 중요한 일부다.
누군가를 만날 때 온 마음을 다해 싸우고,
혼자일 땐 다음 싸움에 대비해 전투력을 키웠던 나였다.
싸울 때 그가 데리고 들어가는 우리 밑바닥의 깊이를
확인하고 난 후에야, 나는 상대방의 진심이 느껴졌다.

지금 내 앞에서 싸우고 있는 두 사람을 보며 생각한다.
우리가 한 번이라도 저렇게 싸워봤으면 어땠을까?
그는 처음부터 그랬다.
절대로 나와 싸움 같은 걸 할 수 없는 목소리였다.

"난 스테이크 빼고 다 좋아요."

수화기 너머 얼굴도 모르는 그의 목소리는 신나 있었다.
이 맹목적인 해맑음은 뭐지? 싶었다.
세상과 동떨어진 사람 같았다.

어째서 어른에게서 만화영화 주인공처럼

저렇게 생글거리는 목소리가 나오는 거지?

그렇게 처음으로 통화를 하고 우리는 한 달 후에나 만날 수 있었다.

서로가 애를 써야 겨우 시간이 맞는 우리였다.


7시에 대기하고 있겠습니다.


'대기'라는 그의 문자에 피식 웃음이 났다.

왠지 모를 상쾌한 박력이 느껴졌다.

아무리 노력해도 첫인상에서 놓치는 것들이 있다.

오늘만은 그 무엇도 빠뜨리지 않고

그에 관한 모든 것을 탐색하리라 다짐했다.

내 조바심이 미리 마중 나가 있었다.

나는 정확히 10분 늦었다. 지극히 당연한 여유라 생각했다.

종업원이 미닫이문을 스르르 열어주는데

누가 슬로우를 건 것처럼 그 순간이 또박또박 느껴졌다.

그는 말 그대로 '대기'하고 있었다.

마치 어제도 만난 것처럼 내 얼굴을 대충 쳐다봤다.

그리고 10분 늦은 나를 1시간 늦은 죄인 취급했다.

"빨리 앉아요, 나 배고파요."


그는 건강검진을 받느라 아무것도 못 먹었다고 했다.

그러면서 밥을 최선을 다해 밥맛없게 먹었다.

우리 집에선 저렇게 먹다간 바로 엄마한테 등짝 스매싱당하는데.

그 모습은 충격적이었다. 그 자리를 박차고 일어나

바로 나갈 수도 있을 정도였다.

그 순간 내가 남긴 밥까지 맛있게 먹었던

남자들의 모습이 스쳐 지나갔다.

그 서글서글함이 내겐 절절하게 중요했던 것이다.

그런 우리가 앞으로 더 나아갈 수 있을까?


그의 직업은 기장이 생선을 고르면

남아 있는 스테이크를 먹어야만 하는 부기장이었다.

처음 통화할 때의 생글거리던 그는 어디가고

어째서 피곤에 절어 어깨가 축 늘어진 이 사람이

내 앞에서 밥을 먹는 거지?

나 여기 계속 앉아 있어도 되는 걸까?


다만,
곁에 있고 싶을
뿐인데

내가 겪어왔던 보통의 소개팅은
앞에 앉은 남자가 이런 질문을
영혼 없이 던지는 것이었다.


"아, 그럼 연예인 많이 보시겠네요?"
"근데, 작가들은 거기서 무슨 일 하는 거예요?"


그런데 그는 나에 대해 아무것도 묻지 않았다.
오히려 그런 점이 새로워 보이기도 했다.
그런 그가 더 궁금해졌다.


"근데, 버티고 현상이 뭐예요?"
"전투기 몰 때 가끔 구름이 사선으로 깔려요.
그럴 때 어디가 땅이고 어디가 하늘인지 착각하는 거죠."
"그게 말이 돼요?"
"오징어 배 불빛이 별로 보이니까 그게 하늘인 줄 알고 땅으로…"


하늘과 땅을 착각한다니,
그럴 수도 있는 게 조종사의 일이었다.

내가 책에서 띄엄띄엄 읽었던 '버티고 현상' 같은 말들이
그의 경험과 나의 상상력 속에서 하나로 이어지던 순간이었다.


"난 딸 낳고 싶어요. 그리고 그 딸은 저녁 9시에
무조건 자기 방에 앉아 있어야 해요! 오티, 엠티 다 안 돼요.
왜? 가서 뭐하는지 다 아니까."
"하하, 방금 우리 아빠랑 똑같은 말했어요.
근데, 나이 드니까 그 고집도 꺾이더라고요.

나 일본 유학 갈 때도 첨엔 못 가게 했어요.

그런데 나중에 방구 뽕으로 컨펌해주시던데요."

"내가 그 아빠 맘이 뭔지 알겠다니까요.

난 진짜 장인어른 업고 다닐 거예요. 이제는 정말 결혼하고 싶어요."


딸을 안아보기 위해 결혼하고 싶은 사람 같았다.

그는 처음 만난 내게, 자신의 인생 계획을 야무지게 브리핑하면서도

내 얼굴은 대충 쳐다보는 이상한 사람이었다.

그런데 그가 영화 '굿바이'를 좋아한다고

먼저 말했을 때

그 순간만큼은 정말 우리가 결혼할 수도

있겠다고 생각했다.

그 영화를 알아보는 사람이라면…

밥을 맛있게 먹는지, 코로 들이마시는지 여부 따위 다 필요 없다.

그 영화를 알고 있는 사람이 내 운명이라고 여겨왔다.


'굿바이' 속엔 이런 이야기가 나온다.

언어가 없던 시절, 사람들은 돌을 통해

자신의 마음을 상대방에게 전했다고 한다.

자기 기분을 닮은 돌을 찾아서 마음이 편안하면 부드러운 돌을,
무슨 일이 있으면 울퉁불퉁한 돌을 주는 것이다.
받은 사람은 그 돌의 감촉과 무게를 느끼면서 상대의 마음을 읽고
부드러운 돌이면 안심하고, 거친 돌이면 걱정했다고 한다.
그런 영화를 아끼는 사람이라면
우리가 계속 만나도 괜찮겠다고 생각했다.

# 슬픔이
## 들이닥치는 속도

"
비행 다녀오겠습니다!
"

"난 6개월 시한부 인생이야."


여전히 밥을 맛없게 먹으며 그가 말했다.
나보다 먼저 숟가락을 내려놓으며.


"여기서 떨어지면 난, 바로 짐 싸야 해."


하늘에서 일을 하는 사람에겐 지켜야 할 것들이 많았다.
그는 6개월마다 시뮬레이션 시험을 봐야 했다.
시험 스케줄이 그 전달에 나오면 그날부터 시뮬레이터를 타는 날까지
매일 초긴장 상태에서 공부하고, 비행 중에 평소랑 다른 소리나
빛을 감지하면 날이 설 수밖에 없다고 했다.
그래서 그 시험을 방해하는 모든 것을 엄격히 통제했다.
매뉴얼대로 행동해야 하고, 늘 체크당하는 삶은
옆에서 보는 사람마저 숨 막히게 했다.
그는 규칙을 어기는 것을 두려워했다.
내가 약속 시간에 사소하게 늦는 것도 눈치가 보였다.


그렇게 엄격한 그에게 딱 하나의 예외가 있었다.

그의 애완견 '츄'에 관해선 모든 것이 오케이였다.

일 년의 반을 집을 비우는 데도 불구하고 그는 개를 키웠다.

나에겐 동물 공포증이 있다.

가까이 가지도 못한다. 잘 쳐다보지도 못한다.

그저 내가 할 수 있는 건, 피하는 일이다.


"츄가 혼자서 많이 외로울 거 같아."

"그래서 비행갈 때마다 애견 호텔에 맡기잖아."

"그렇게 서로 힘든데 그냥 다른 사람한테 줘버리면 안 돼?"


내가 그 말을 하자 그는 날 외계어하는 사람 보듯이 쳐다봤다.

어쩌면 그 순간, 우리의 관계가 어긋나버렸는지도 모르겠다.

우리가 왜 그걸 극복하려고 애쓰고 있었는지도… 모르겠다.


"내가 츄한테 말했어, 그냥 힘들어도 같이 살자고."


츄와 생일이 같아서 이미 예정된 인연이라 믿고 있는 그였다.

'내가 지금 개랑 경쟁해야 하나?' 싶었지만

그에게 애완견은 가족 이상이었다.

그가 느끼는 모든 행복과 불행은 '츄'로부터 비롯되었다.

개를 좋아해본 적도 없지만 이렇게 부러워해본 적도 처음이었다.

츄가 아프다는 전화를 받으면 비행을 망치고 오는 그였고,

시간에 맞춰 개밥이 나오는 기계라든지 개 침대 같은 것들을

쇼핑하는 게 그의 기쁨이었다.

어느 날, 애견 호텔 VIP실에 맡긴 츄가 다른 일반 개들과

섞여 있는 걸 목격한 그는 격하게 분노했다.

나와 전혀 공유할 수 없는 지점의 분노였다.


그는 그 괴로움을 함께 공감해줄 누군가를

절실히 필요로 했다.

그러나 그건 내가 해줄 수 없는 일이었다.

하지만 츄의 속마음은 알 수 있을 것만 같았다.

분명 혼자 VIP실에 있는 것보다

다른 친구들과 함께 섞여 놀 때가 더 즐거웠을 거라고 생각한다.

그리고 앞으로도 계속 이런 식이면 주인과의 사이는

이대로 끝내고 싶을 거라고.


그는 이사 갈 집을 정할 때도 본인보다

다만,
곁에 있고 싶을
뿐인데

츄의 행복을 더 살뜰히 챙겼다.

츄를 위한 마당이 커야 하고 산책 코스가 집과 가까워야 했다.

그러면서도 내 눈치를 슬슬 보기도 했다.


"넌 이 동네 별로지?"


그 말투에서도 내가 안중에도 없다는 건 충분히 느껴졌다.

나보다 츄와의 산책 시간이 더 중요하다는 것까지도.

그날도 츄를 산책시키며 말했다.


"아, 가기 싫어, 샌프란은 정말 지랄 같아."


그의 목소리가 불안하면 나도 휩쓸려 불안해진다.

샌프란시스코는 파일럿들 모두가 기피하는 공항이라 했다.

관제탑과의 교신이 원활하지 않아서

많은 것을 알아서 판단해야 하기 때문이라 했다.

그는 잘 다녀올 거면서 가기 전에 꼭 이런 식으로 칭얼거렸다.

계속 저러니까 모두가 저러는지도 궁금했다.

하지만 나는 알고 있다.

그 누구보다 하늘을 좋아하고 있음을.

그가 나에게 자신의 극히 일부분만 보여준다는 사실도.

두려움이 앞선 목소리 뒤에는 철저한 준비와 용기가

숨겨져 있다는 사실도.

그는 비행 전날이면 집에 틀어박혀 비행 매뉴얼을 열심히 공부했다.


그는 떠나기 위해 돌아와야 하고

돌아오기 위해 떠나야만 하는,

그런 사람이었다.

그 패턴이 있는 삶이 때론 부러웠다.

늘 땅에 발붙이고 있어야 하는 나는

공식적으로 어디론가 날아가버릴 수 있는 그가 부러웠다.


"아 나도 샌프란 햇빛 쬐고 싶다, 부러워."

"일하러 가는 사람한테 그런 말하면 진짜 미워."


그는 곁을 주지 않았다. 저런 말이 때론 서운하기도 했다.

그러면서도 항상 자신의 출발과 도착을 성실히 나에게 알려왔다.

비행 다녀오겠습니다.

도착했어, 잘.


GPS 센서로 자동으로 맞춰지는 손목시계의 정확함만큼이나

그는 나에게 믿음을 주고 있었다.

그런데 어느 날 그에게서 아무런 연락이 없었다.

그건 두 가지 경우다. '연락을 못한다.'와 '연락을 안 한다.'

머릿속에 여러 가지 생각이 스쳐 지나갔다.

'연락을 못하는' 것일까?

그는 공군 시절 많은 동료를 비행기 사고로 잃었고

얼마 전에는 비행을 마치고 집으로 돌아가던 선배를

교통사고로까지 잃어야 했다.

그에게 슬픔이 들이닥치는 속도는 가속도가 붙어 빨라져 갔다.

그는 내게 그런 이야기들을 해주면서

자신은 누군가를 잃는 것에 훈련이 되어 있다고 했다.

자신도 어떤 위험에 가까이 있는 사람이라고, 마치 경고하듯 말했다.


'연락을 안 한다.'의 경우를 생각해봤다.

비행 다녀오면 집으로 직행해서 자는 걸

중요한 체력 관리로 여기던 사람이었다.

아마 츄와 빨리 만나기 위함도 포함되어 있을 것이다.

그런데 지난 비행 땐 바로 내게로 왔다.

다른 사람 같았다.

분명 그가 안 하던 짓이었다.


"내가 신기한 거 보여줄까?"


그는 가방에서 작은 박스를 꺼냈다. 오르골이었다.

그걸 돌리는 순간 귀를 의심했다.

세상 모든 것들이 사르르 녹아 사라지는 느낌이었다.


"이거 니 꺼야.

내가 다 들어보고 젤 예쁜 소리로 골라온 거야."

"근데 그 가방엔 뭐 들었어요?"


그 까맣고 깍듯하게 각진 가방 안이 늘 궁금했다.


"쓰레기."

나중에 줘도 충분한 그 오르골을 주러

나에게 직행한 그 점이 이상했다.

계속 돌리면서 지난 일들을 천천히 떠올려본다.

생각해보니 그가 했던 이상한 짓이 또 있었다.

어울리지 않는 파마를 하고 나타난 그에게 나는

"석가모니 같아."라고 했다.

정말 석가모니 같아서 그 말을 했을 뿐이다.

그러자 진짜로 집에 가고 싶어 하던 그의 얼굴이 생각났다.

여자들도 갑자기 단발머리로 변신하고 싶을 때가 있다.

머리 하나 바꾸면서 내 모든 게 통째로 바뀌길 바라는 무모한 기대.

외모의 변화가 마음의 변화까지 줄 수 있다고

기대할 때 확 지르는 거다.

그에게도 왠지 그러고 싶었던 날이었던 거 같다.

그냥 그날 멋있다고 해줄 걸 그랬다.


"멋있어."

이 흔한 말이 뭐라고 아끼고 아꼈다.

좀 더 나중에, 좀 더, 좀 더.

정말로 멋진 순간에 온 마음을 다해서 말하고 싶었다.

그 말을 할 수 있는 순간들이 앞으로 계속될 거라고 믿었기 때문에.

내가 보낸 문자에 답이 없다.

석가모니라고 놀려서 그런 건 아닌 것 같다.

이건 분명, 연락을 안 하는 상황은 아닌 거다.

나는 아무것도 할 수가 없다.

# 아주 잠깐의 난기류

"
잠시 불편한 거니까 겁먹지 마.
"

전화벨이 울리는데 받는 것이 무섭다.

그의 차분한 목소리가 처음엔 날 골탕 먹이려 하는 것만 같았다.


"활주로 이탈 사고가 났었어."


동남아권에서 비가 많이 올 때 드물게 있는 일이라 했다.

그걸로 인해 비행기가 고장 났고 인천에서 다른 비행기를

몰고 급히 출발해야 했다고 말했다.

연락할 겨를이 없었을 것이다.

내가 하고 있을 걱정 따위는 헤아릴 마음의 여유가 없었을 것이다.

내가 이렇게 내 마음을 스스로 달래보아도 납득이 안 간다.

진짜 연인들이라면 이런 거 의심 안 하지 않을까?

우리 사이엔 서로가 분명히 느끼는 커다란 틈이 있다.

내가 모르는 것들로 가득하고,

끝끝내 모를 것만 같은.

기다리는 게 이렇게 괴로운 거라면,

그래야 하는 거라면,

여기서 끝내고 싶다고 생각했다.

내가 전화를 차갑게 받자 그는 따뜻하게 해명을 했다.

"우리 앞에 비행기도 착륙 못하고 계속 빙빙 도는데
나 너무 힘들었어, 오빠가 이래서 늦는다."


전혀 몰랐다. 기사를 찾아보니 아찔한 사고였다.


"비 많이 오면 미끄러워서 착륙하기 힘들어.
그럴 땐 나도 무서워."


무서워, 그 말에 철벽같은 내 마음의 문이 열렸다.


진심이라는 건, 이렇게 포근한 거라고 그가 알려주고 있었다.
아주 사소한 일에도 끙끙거리는 주제에, 그런 내가,
어째서 그 말에 강해져버리는 거지?
착륙 직전의 긴장감에 대해서 그가 설명했던 적이 있다.
착륙할 것인가 아니면 고 어라운드를 할 것인가.
이성적인 판단보다는 경험에서 나오는 본능으로
모든 걸 결정해야 한다는, 그 1초도 안 되는 짧은 순간에 대해서.
그가 사고를 냈을 수도 있었다고 생각하니 끔찍했다.
사고를 당하는 것도 그에겐 사고를 내는 일이니까.

항상 그럴 수도 있는 중압감을 견디며 살아야 하는 그였다.

그 두려움을 짐작할 상상력이 내겐 없다.

우리가 당연하게 여기는 '무사함'이 큰 행복인 사람.

그런 그가 아찔했던 긴급 비행을 마치고 나에게 해명을 하고 있다.


늘 위험에 가까이 노출되어 있는 사람,

그 모든 것을 감수해야만 하는 사람.

그게 전부인 사람인데,

나는 왜 그를 미안하게 만드는 걸까?


"야, 너 좀 혼나야겠어.

나 같은 사람 걱정 많이 해줘야 해."


분명 나는 가슴을 쓸어내리며 걱정했는데,

내가 가진 멋진 말을 총동원해서 위로해주고 싶었는데,

마음속으로 백 번 천 번도 더했던 그 말을,

그가 듣고 싶었던 한마디 "걱정했어."를 끝내 해주지 못했다.


"요즘은 하늘이 딱 너 같다."

"왜요?"

"저렇게 맑은 얼굴을 하고 있어도 언제 변할지 모르니까, 불안하지."


나는 그에게 불안을 느끼게 한 적이 없다.

그렇게 말하는 그가 언제 변할지 모르겠다.

자신의 불안함을 나에게 뒤집어씌우려 했던 거다.

그가 흔들리고 있다. 그냥 이건 본능적인 예감이다.

우리에게 어떤 낯선 공기가 덮쳐오고 있음을 느꼈다.

분명 우리는 그때 난기류를 통과하고 있었다.


겨우 시간을 맞춰서, 우리는 김포공항에 있는 극장에서 영화를 봤다.

영화를 볼 때면 그는 차 키와 지갑을 내게 맡기곤 했다.

그날은 무심코 화장실에서 손 씻고 나가려는데

가방에 들어 있던 그의 지갑이 툭하고 떨어졌다.


'나 좀 봐줘.'


지갑이 내게 그렇게 말하는 것 같았다.

지갑엔 달러와 엔화가 깨끗하게 꽂혀 있었다. 그답다.

이륙과 동시에 새로운 곳의 물과 공기, 언어와 접촉해야 하는

그의 고단함이 느껴졌다.

면허증을 보니 겨울에 태어난 사람이었다. 1월, 상쾌한 어감이다.

본인은 나이 한 살을 줄였다 늘였다 하느라 피곤한 '빠른 생일'자였다.

그리고 거기엔 작은 손 편지가 있었다.

그걸 보는 순간 내 머리에 얼음물이 끼얹어지는 듯했다.

나는 그 편지로 그의 근황을 알게 되었다.


그의 고민까지도 엿보였다.

많은 방송작가들이 중국으로 진출하는 것처럼

파일럿의 세계도 마찬가지였다.

그의 동료들이 사표를 던지고

파격적인 대우를 받고서 중국으로 떠나고 있었다.

그게 그에게 많이 힘들었나보다.

편지 속의 필체는 왠지 모르게

그에게 용기를 주고 있는 누군가의 것 같았다.

동그라미가 유난히 크고 둥글어

유쾌한 에너지가 철철 넘쳐흐르던 글씨.

누구의 것일까?

그 편지를 다시 제자리에 돌려놓았다.

모른 척했다.

내 마음속 안전벨트 사인이 켜졌다.

지금 난기류를 통과하고 있다고 믿고 싶었다.

그가 내게 했던 난기류 설명을 머릿속에 다시 되새기면서.


"나 비행기 흔들릴 때 너무 무서워요."

"그거 난기류 만날 때 그런 거야,

딱 비포장도로라고 생각하면 돼. 잠시 불편한 거니까 겁먹지 마."

어떠한 난기류라도 결국엔 다 지나간다고
분명 그가 말했었다.

# 밸런스 결벽증

"
난 과락이 없는 니가 좋아.
"

그의 직업은 파일럿이었지만

그의 로망은 국어 선생님이었다.

비 오는 날, 창밖 비의 리듬에 맞춰

"오늘은 자습!"이라고 말하는 게 그의 꿈이라 했다.

그 말을 했을 때, 그에게선 나를 끌어당기는

강력한 자기장 같은 게 뿜어져 나왔다.

우리는 백석을 좋아했고

특히,《나와 나타샤와 흰 당나귀》에 열광했으며

심각하게 그 세계에 사로잡혀 있었다.


에데서 흰 당나귀도 오늘밤이 좋아서

응앙응앙 울을 것이다.


이 대목에서 누가 더 '응앙응앙'을 비슷하게 하는지

연습하는 그 어이없는 짓도,

우리 둘에겐 즐거웠다.

그의 차 앞에 붙은 항공사 주차스티커 밑엔

항상 그걸 떠받치는 시집 한 권이 놓여 있었다.

그 풍경은 독보적으로 사랑스러웠다.

그는 그냥 파일럿이 아니라 시집을 끼고 다니는 파일럿이었다.


"난 이렇게 쓰다만 느낌의 시가 좋아."

"왜? 좀 찝찝하지 않아요?"

"완벽히 끝이 다 정해져 있는 건 왠지 슬프잖아."


어쩌면 그의 삶이 그러했다.

남들이 보기엔 부러울 수도 있는 완벽한 안정감.

한 달 주기로 받아보는 스케줄과

조종석에서 만날 기장이 누구일지 모르는 것 말고는,

앞으로 그가 벌 돈과 만날 동료들은 크게 변하지 않을 것이며

그런 모든 것들이 정해져 있었다.


그는 시로 인해

런던에서, 샌프란시스코에서, 프랑크푸르트에서도

서울의 컨디션으로 지낼 수 있었다.

비행을 마치고 호텔방에 널브러져 있을 때도

나와 시를 읽으며 다음 구절을 마음대로 지어내는 놀이를 했다.

"왜 끊으려고? 나 지금 못 잘 거 같아."


그는 나에게도 생활패턴이라는 게 있다는 걸 종종 잊었다.
그의 시차 적응을 위해 오히려 내가 그의 시차와 싸워야 했다.


"정말 신기해, 맥주 한잔 같이하고 싶은 기장님은
'픽업 때 봅시다.' 이러고 사라지고,
깐깐한 기장님은 더 자고 싶은데 아침에 꼭 조식 같이 먹자고 해.
나 이렇게 못 자고 있는데 어떻게 새벽 6시에 걸어 나가지?"


그는 그렇게 나와 통화를 하면서 시차의 간격을 좁혀 나가려 했다.
어쩌면 그의 삶 자체가 그렇게 흐트러진 밸런스를
계속 맞춰 나가야만 하는 것이었다.
사실 그는 밸런스에 대한 결벽증이 있었다.
그가 부기장이 된 지 얼마 안 되었던 시절
알래스카에서 연어를 싣고 비행하던 그날,
비행기에 짐을 균형 있게 넣어야 할
로드마스터의 실수로 위험한 일이 발생했다.
그는 어쩔 수 없이 조종석을 떠나

화물칸에서 7시간 동안 연어 박스와 아찔한 사투를 벌이며
균형을 맞추었다고 했다.
그 어처구니없는 일을 겪은 뒤로는 밸런스에 대해
항상 의심하고 날카롭게 신경을 곤두세우게 되었다고 했다.
그날 이후로 그의 인생에서 밸런스라는 존재가 그를 괴롭혀왔다.


"현진아, 난 과락이 없는 니가 좋아."
"과락? 그게 뭐예요?"
"여러 가지 과목 중에 단 한 가지 낙제도 없는 거."


그는 마음의 무게중심을 나에게 옮겨올 때도 이런 식으로 설명했다.
일을 할 때도 누군가를 만날 때도, 그는 늘 밸런스를 염두에 두었다.
그렇게 밥맛없게 밥 먹는 것까지도
아마 체중의 밸런스를 위한 것일 테고,
그 모든 건 어쩌면 하늘을 좋아하는 사람이 지켜야 할 예의였다.
나는 그 운명을 함께 받아들일 각오가 되어 있었다.
비록 항공기의 발착을 알리는 어플의 노예가 되더라도,
도착 사인이 뜨고 나서야 마음이 놓이는 걸 끝없이 반복하더라도,
그것 때문에 치러야 할 대가가 아무리 클지라도, 기꺼이.

그런데 그런 비장한 나의 각오를 비웃기라도 하듯

그는 서서히 내게서 멀어졌다.

애완견 츄가 수술한다는 핑계로 나와의 연락을 줄여나갔다.

나는 더 이상 밸런스 스트레스 따위에 전혀 신경 쓰지 않아도 된다.


그리고 얼마 후 나는 그가 밸런스를 맞추기 위해 애썼던

또 다른 흔적을 우연히 보게 되었다.

그는 헤어진 연인을 잊지 못해 힘들어했다.

그것에 대해 말을 아꼈지만 옆에 있는 내가 느끼기엔 충분했다.

둘이 함께 로마로 비행을 자주 갔다고 했다.

그래서 전 연인을 '로마'라고 불렀다.

둘 다 비행기를 타는 직업이라 늘 구름 위에 붕 떠 있는 기분이어서

그 불안감이 미치도록 싫었다고 했다.

물론 불안감의 밑바닥엔 전 연인을 너무 사랑했다는 전제가 있었다.


"이번 비행은 어땠어?"

"아, 진상 손님 때문에 너무 힘들었어."


그의 일이 아닌 것에 힘들어했다. 그건 그녀의 일이었으니까.

그녀의 힘듦이 그의 힘듦이구나.

얼마나 예쁜 사람일지 궁금했다. 그녀의 얼굴이.

손 편지의 주인공이 그녀가 아닐까, 하고 추측했다.


그런데 인스타그램에 떠 있는 사진 한 장으로

내 의문의 모든 퍼즐이 맞춰졌다.

그 '로마'는 여자가 아닌 남자였다.

그렇게 그는 나를 통해 한쪽으로만 기울어가는

사랑의 소용돌이를 붙들고,

어떠한 밸런스를 맞춰나갔던 것이다.

로마는 그에게서 받은 선물을 인스타에 올렸는데

내가 받은 것과 똑같은 것이었다.

앤디 워홀이 유명해지기 전에 그린 아이스크림 드로잉이었다.

그 옆엔 아직도 이산가족으로 지내는 애완견 츄의 사진도 있었다.

그림 속에는 방금 퍼올린 아이스크림의 생생함이

고스란히 담겨 있었다.

그에게 그 그림을 받자마자 나는 "우와 저거 먹고 싶다."라고 했었다.


"현진아, 아이스크림은 꼭 녹기 전에 바로 먹어야 해.

그러니까 내 말은 미루지 말라는 거야."

지금, 미루지 않고 그 그림을 보니
그 아이스크림은 마치 우리 세 사람 같았다.
뾰족하고 바삭해 보이는 콘 위에
초코, 바닐라, 딸기 이 세 가지 맛이
완벽한 트라이앵글 무게중심을 이루며 은밀한 비밀을 감추고 있었다.
나는 그렇게 그가 숨겨놓은 암호를 해독하고야 말았다.

그 사진을 다시 클릭했더니 이내 사라져버렸다.

녹아 사라지는 아이스크림처럼.


그제야 나는 이 장면을 상상해왔음을 깨달았다.

그를 미워하지 않기 위해서. 빨리 떨쳐내기 위해서.

이런 핑계라면 내가 그를 이해할 수 있었을까, 하는

내면의 무의식들이 만들어낸 환상일 것이다.

내가 잠깐씩 떠올려보았던 추측과 그의 행동들을 하나로 연결시키면서

이렇게라도 합리화하고 싶었던 것이다.

그와 만나는 순간순간들은 아주 잠깐 여행을 떠나온 느낌이었다.

그는 아직도 자신의 끝없는 세상을 여행하고 있을 것이다.

땅에선 생각할 수 없는 걸 하늘에서 하는 것 같았다.

끝도 경계도 없는 드넓은 하늘에 떠 있지만,

숨 막히게 좁은 조종실에서 그가 했던 생각들을 듣는 게

내겐 작은 여행이었다.

나는 그가 생텍쥐페리, 로맹 가리, 로알드 달처럼

조종사였지만 멋진 글로 사람들을 더 놀라게 하는,

그런 사람이 될 수도 있겠다고 생각했다.

"사람 사는 게 이렇게 멀리서 보면 그저 작은 불빛인데,
나는 비행하면서 항상 그 생각해.
우리 모두가 저렇게 아주 작은 별이라는 거."

밤하늘의 별들이 흩어져 있다.
저 별들은 서로 가까워지거나 멀어지기도 하는 걸까?
저 별들처럼 우리가 그러지는 못했다.
왜냐하면 우리의 관계는 시작된 적조차
없었기 때문이다.

# Scene 04

## 나를 웃게 했던, 그리고 울게 했던 너

"그냥, 네가 기죽는 게 싫어."

# 김치 도둑의 고민

“

생일 선물 뭐 해줄까?

”

부산에서 태어났다는

그 이유만으로 나는 차여본 적이 있다.

그게 왜? 어째서인지 구남친 엄마에게 물어보고 싶다.

내가 서울 여자와 다른 점이 있다면

멍게를 경쾌하게 먹는 정도라고 생각하는데,

대부분의 사람들은 부산 여자를 넘겨짚는다.

성격이 드세다는 그런 말들로.


그것 때문은 분명 아닌데 나는 고향집 있는 남자가 좋다.

엄마가 싸준 참기름의 애틋함을 알고

그걸 어떻게 먹어야 하는지 자세히 써놓은 손 글씨의 뭉클함을 알고,

냉장고에 엄마가 보낸 김치가 든든히 버티고 있는 게

어떤 느낌인지 아는 남자는 다르다.

그런 건 서울 남자들은 죽었다 깨어나도 모른다.

시간이 흐를수록 패키징의 달인이 되어가는

엄마의 기술에 흐뭇해하다가도

가끔 뚜껑이 열리지 않는 걸 열려다가

그 자리에 주저앉아서 울기도 했던 나를

어떤 남자들은 절대 이해 못할 것이다.

고향집이 있는 남자들에겐

하나의 추억세포가 더 있다고 생각한다.

고향집이 멀리 있다는 건,

기댈 수 있는 비빌 언덕이 멀리 있다는 건,

본능적으로 사람을 강하게 만든다.

그런 건 연애의 톤이 결정되는 데 중요한 영향을 끼친다.


그런데 예외가 있다. 이런 서울 남자도 있다.

이 남자는 서울 남자인데도 고향집 있는 남자처럼 군다.

내가 김치가 먹고 싶다 하면 자기네 집 김치 한 통을

꺼내서 우리 집 냉장고에 넣어준다.

같은 사람이 만든 김치를 먹는다는 건 엄청난 소속감을 준다.

같은 알바생이 만든 맥도날드 햄버거를 먹는 것과는 차원이 다르다.

김치는 내 생활의 중요한 일부이고

그걸 먹어야 면역력이 높아질 것 같다는 무한 믿음이 생기는데

그걸 좋아하는 사람과 함께 공유한다는 것은 상쾌한 일이다.


그렇게 김치 도둑질을 해대던 그의 직업은 개그맨이다.

아니다. 정확히 무명 개그맨이다.

무명 주제에, 그의 꿈은 유명해지는 게 아니었다.

'개그만 생각할 수 있는' 개그맨이 되고 싶어 했다.

그는 개그 말고 생각해야 하는 게 너무 많았기 때문이다.

장례식장에서 개그 코너를 짜는 건 어떤 기분일까?

그는 장례식장에 자주 가야만 하는 막내 기수의 공채 개그맨이었다.

그에겐 처리해야만 하는 선배들의 심부름이 흘러넘쳤다.

그 얘기를 뭉뚱그려보면 하나의 개그가 완성되기도 했다.


머리카락 심는 수술을 하는 선배의 수발을 들어야 할 때도 있었는데

피 주머니를 잘못 들었다가 혼난 이야기부터

선배 돈 떼먹고 도망간 보이스 피싱녀를 잡겠다며

잠복근무한 이야기까지.

엠티 가서 해야 한다는 장기 자랑은, 뭐 답이 없다.

그가 그걸로 너무 깊은 고민에 빠져 있기에

나는 일본 방송을 뒤져서 가장 자극적이고

모두를 한방에 쓰러지게 만드는 영상을 보여줬다.


"넌 그냥 이대로 해."

그런 레퍼런스를 찾고 있는 내 모습이 더 웃겼다.

그런 거 저질이라고 기겁하던 내가 이렇게까지 적극적이라니.

그냥, 그가 기죽는 게 싫었다.

어차피 해야 할 거면 제대로 하라고.

그뿐 아니라, 동기들이 사고를 치면 호출당해서 해결해야만 했고

얼굴에 알 수 없는 멍 자국을 숨기고 다니는 그에겐

개그만 생각할 수 없게 하는 짐이 하나 더 있었다. 바로 나.

내가 집 밥이 먹고 싶다 하면 자기 집 부엌을 싹 쓸어온다.

다행히 그의 엄마 손맛이 좋다.

그게 너무 맛있어서 그 집에서 살고 싶다는 생각도 잠시했다.

그의 엄마가 우리 둘의 나이 차를 들으면 기절할 수도 있겠다.

그렇게 생각하니 이 반찬을 먹고 있는 게 미안해진다.

그래도 딱 하나 떳떳한 건 있다.

나는 이 반찬을 먹는 동안

나의 파이팅을 총동원해 그를 응원했다.


그가 닮고 싶어 하는 선배 개그맨은 항상 컨버스 운동화를 신었다.

그도 따라서 컨버스만 신고 다녔다.

마치 그걸 신어야 그 선배처럼 웃길 수 있는 사람처럼.

별것도 아닌데 똑같이 따라하는 그 행동이 귀여웠다.

내가 해줄 수 있는 건 이것밖에 없었다.

컨버스 매장에 데리고 가서 내가 생각해도 멋진 말을 내뱉었다.


"야, 깔별로 다 사."


앞으로도 나는 그때만큼 멋진 말을 하는 여자는 되지 못할 것이다.

그런 말을 할 수 있게 한 건 그를 둘러싼 지긋지긋한 찌질함이었다.

내 수입을 반으로 한 번 나누고 거기서 또 반으로 나누면

그의 수입이었다.

그런데 정말 신기했던 건 그는 그 돈에서

외할아버지의 핸드폰 요금을 내주고 있었다.

그에게 사치란 없었다.

가장 큰 사치라고 해봤자 일 년에 한 번 있는

내 생일에 케이크 사는 일 정도였다.

그는 생일 케이크에 촛불 부는 걸 중요하게 여겼다. 아니 집착했다.

내 생일날 늦은 밤이었다. 지방에 답사를 다녀오느라 거지꼴이었다.

그래도 그는 생일 케이크쇼를 해야 한다며 귀찮은 파티를 준비했다.

겨우 촛불을 불기 전이었다.

다만,
곁에 있고 싶을
뿐인데

"생일 선물 뭐 해줄까?"

"사람들이 널 알아보는 거, 단 조건은 우리 둘이 같이 있을 때,

내 귀로 직접 들어야 해."

"올해 안에 꼭 노력해볼게."


올해 안에 받을 리 없다.

촛불을 불려고 하는 순간, 아무 일도 일어날 수

없을 것만 같은 그 순간에도 전화벨이 울린다.

목탁 소리다.

탁, 탁, 탁…

목탁 벨은… 소환이다.

그들은 그걸 '집합'이라고 불렀다.

그가 말하지 않아도 나는 다 알고 있다.

이 시간에 어디를 불려 가는지.


모든 세계에는 말할 수 없는 속사정이 있다는 거 안다.

나 역시도 그렇고.

그런데 그 비밀을 숨기려 할수록 드러날 때가 있다.

그럼에도 불구하고

그가 그 세계를 버텨낼 수 있었던 건
진심으로 개그맨으로 살아가는 걸
'원했기' 때문이다.


내가 아끼는 사람이 혹독한 계절에 서 있을 때
내가 할 수 있는 일은
온 마음을 다해 모르는 척하는 거다.
그냥 지켜보는 거다.
그렇게 뒤돌아보지도 않고선 그가 가버린다.
그의 뒷모습이 옅어질 때까지 쳐다봤다.
자꾸만 신경이 쓰이는 뒷모습이다.
자꾸만 내 시선을 끌어다놓는 뒷모습이다.

# 마음을 가져가는
# 생일 선물

그가 내게 김치를 열심히 빼돌릴 때

나는 엄마가 보내준 홍삼과 공진당을 그에게 빼돌렸다.

그는 그걸 먹으면서도 언제나 피곤해했다.

영화를 보고 나오면서 나는 무심결에 이런 걸 시켰다.


"저 주차요원 지겨워 보이지? 한방에 웃겨봐."


그가 술 먹고 내게 진지하게 부탁했다.

제발 웃겨보라는 말만 하지 말아 달라고.

"웃겨봐."라는 말이 그에게 너무 큰 스트레스라고.

그래서 나는 '웃겨봐.'를 뺀 나머지를 부탁했다.


"아, 정말 손 많이 가는 여자다."


정말 그의 손길이 많이 필요했다.

유난히 작아서 네일숍에서 기겁하는 내 손톱을

그는 잘 깎아주고 매니큐어도 잘 칠해줬다.

가끔 대본을 대신 써준 적도 있다.

작가들이 자주 쓰는 말들,

'어레인지해, 픽스해, 오도시 없어? 나미다 깔아, 깔깔이 좀 쳐.'

이런 말을 바로 알아들었고

뭘 설명해서 시켜놓으면 빠른 시간에 정확히 해치웠다.

심지어 내가 하는 프로그램의 소품도 척척 만들어냈다.

FD는 물론이고 막내 작가 뺨도 칠 기세였다.

나는 그에게 맥주병을 눈으로 따는 이상한 개인기를 배우기도 했고

발라드를 코믹하게 노래하며 그걸 녹음해놓기도 했다.

그야말로 그는 '종합 예술인'이었다.


이상한 걸 강요하기도 했다.

우리는 '어린이 보호구역'에서 자주 놀았는데

나는 바닥에 써 있는 그 단어를 보고 '어린이'라고 불러달라고 했다.

그냥 웬지 그렇게 불리면 내가 보호받는 느낌이었다.

우리 둘만이 만드는 끝도 없이 유치한 세계에서 킥킥거리면

진짜로 내가 어린이가 된 것 같았다.

해줄 수 없는 걸 요구하며 괴롭히기도 했다.

지난 프로그램 마지막 녹화 때

데리러 오지 않았다고, 난동을 부렸다.

결국 그가 늦게나마 오긴 했다.

이상한 판다 분장을 채 지우지도 못하고선.

"어디서 개수작이야?"

그가 밀고 싶어 했던 유행어였는데 결국 내가 더 많이 쓰곤 했다.
저 말이 미치도록 좋았다.
나는 후배들이고 선배들이고 출연자고 상관없이
조금 지루해진다 싶으면 저 말을 막무가내로 했다.
내가 열심히 그의 예비 유행어를 홍보하고 있었던 거다.
그러던 어느 날, 그가 무슨 개수작을 부리려는지
어린이 보호구역으로 날 불러냈다.

"나 관두려고."

거짓말이다.
그 사람을 좋아하려면
그 사람의 거짓말까지 책임지라 했다.
거짓말이 생각보다 당당해서 내 마음이 철렁거린다.
잘 버텨오던 그였다. 이제는 끝이 보일 것만 같았는데.

그의 동기가 지난주에 관두고 새로운 인생을 찾아갔다는데

거기에 흔들리고 있는 듯했다.

어쩌면 그만 빼고 나머지 모두가 앞으로

조금씩이라도 나아가고 있었는지도 모르겠다.

그는 여전히 병풍이었다.

아무나 해도 되는 병풍 노릇을 아직도 하고 있는 것이다.

분명 그의 잘못이 아니다.

거지깽깽이 전통 같은, 그런 괴상한 흐름이 그를 막고 있다.

모든 개그맨들이 이 과정을 견디고서야 그 자리에 있는 것이니

그도 견뎌야만 한다.

나도 안다. 누구는 버티는 거 안 해봤나?

아니다 모른다. 그렇게 함부로 말할 수 있는 게 아닐 거다.


그는 오히려 공채 개그맨이 되기 위해,

그걸 목표로 준비하던 시절이 행복했다고 했다.

최종까지 올라가서 떨어졌을 때

이제는 될 것만 같았는데도 역시나 탈락했던,

그 순간이 차라리 행복했다고 했다.

왜냐면 그때는 목표가 명확했기 때문에, 그 방향이 정확했기 때문에.

그 목표를 통과하면 그 뒤에는 더 큰 목표가 기다리고

인생이 통째로 바뀔 것만 같았는데,

지금의 현실이 개그맨이라는 타이틀을 얻기 전보다

자신을 더 비참하게 만든다고 했다.

자꾸만 신경이 쓰이는 무기력함이다.

자꾸만 내 시선을 끄는 무기력함이다.

그건 앞에 있는 사람을 정말 돌아버리게 만든다.

아끼는 사람이 이렇게 눈에 초점을 잃어갈 때,

어떻게 해야 좋은 걸까?


그는 분명 개그맨만이 느낄 수 있는 불안과 흥분이

미치도록 좋다고 내게 말했다.

그는 이 세계를 떠날 수 없다.

아, 제발 조금만 더 버텨주면 좋겠다.

그런데 많이 힘든가보다.

그의 인내가 한계점에 도달했음은,

우리 앞에 놓인 떡볶이조차 눈치 챌 수 있는 것이었다.

우리가 환장하던 그 떡볶이가

이렇게도 터무니없이 맛이 없게 느껴진다는 것이

그걸 말해주고 있었다.

가끔 이런 생각이 든 적도 있다.

그가 당하고 있는 그 모든 것이 너무 억울해서

잘못은 내가 하는데 벌은 그가 몰아서 받고 있다는 생각.


그의 이야기를 듣고 있으면 이게 현실인지

하드코어 영화인지 구분이 안 갔다.

그의 멍 자국에 후시딘을 발라주면서

그만 관두라고 한 적도 물론 있다.

그런데 지금은 아니다. 지금은 내가 안 되겠다.

상대방이 막무가내로 퍼붓는 무기력함이 나를 강하게 만들 때가 있다.

어딘가 축축하고 어두운 구석은 있지만,

나로 인해 밝아질 수 있는 여지를 가진 사람이

나를 확 잡아끌 때가 있다.


"어디서 개수작이야?

헛소리하지 말고 우리 집 김치 떨어졌어, 채워놔."


겨우겨우 달래서 나가려는데 그 순간,

떡볶이 아줌마가 그의 미래를 바꾸어놓았다.


"혹시, 개그맨 아니세요?"


뭘 보고 아줌마가 그랬는지는 모르겠다.

그딴 거 몰라도 된다.

지금 아줌마가 그 말을 했다는 사실만이 중요하다.

저 아줌마, 지금 사람 하나 살렸다.

'이 고비를 잘 넘겨.'가 아니라

'방금 네가 힘든 고비를 넘겼다고.'

마치 그렇게 말하는 거 같았다.

그렇게 그는 뒤늦은 생일 선물을 내게 안겨주었다.

앞으론 절대 받을 리 없는,

이상하게도 내 마음을 가져가버린 생일 선물을.

그 순도 100%의 뭉클함은

이젠 더더욱 느껴볼 일이 없을 것이다.

# 여의도 숨바꼭질

"
미안…
"

우리라는 말…,

그 말 속에는 그 사람이 좋아하는 것이

'마음에 든다.'라는 뜻도 포함된다.

그런데 그가 좋아하는 것은 다 내 맘에 들지 않았다.

그런데도 불구하고 '우리'가 되었다.

나는 그때 '설레인다.'는 감정에 지쳐서

아프고, 귀찮고, 짜증이 났다.

그럴 때 괴롭히고 싶은 그가 나타났고

나에게 새로운 세계가 펼쳐졌다.

이미 충분히 많은 것들로 괴롭힘당하고 있는 그인데,

나는 그를 괴롭히는 게 즐거웠다.

어쩌면 서로를 괴롭혀도 괜찮다고 허락하는 것이

연애인지도 모르겠다.


우리는 들켜버리면 피곤해지는 사이였다.

어쩔 수 없이 여의도 구석 언저리에서 접선하곤 했다.

그 누구의 눈에도 띄지 않기 위해.

왠지 예감이 안 좋은 날은 꼭 아찔한 순간과 맞닥뜨렸고

뭘 그리 대단한 연애를 한다고

이렇게까지 불편하게 살아야 하나 싶기도 했다.

그런데 그 불편은 서로가 주는 힘을 이기진 못했다.

나름 구석지고 이상한 곳만 골라 다녔다.

그러다가 재미를 붙인 놀이가 바로 '숨바꼭질'이었다.

그 순간만큼은, 나는 완벽한 어린이가 되었다.

처음엔 그의 당황하는 표정을 상상하면서

엉뚱한 곳에 열심히 숨어댔다.


현대카드 사옥을 중심에 놓고 그 주변 반경 1km 안에서

나는 숨고 그가 날 찾아내는 것이다. 10분 안에 찾아야 한다.

그날은 너무 피곤해서 그냥 날 잡아가라고

대놓고 카페에 앉아서 청포도 주스를 마시고 있었다.

창밖을 보니 그가 날 찾아 헤매고 있다.

그걸 구경하고 있는데 어쩜 이렇게도 신이 나는지.

그런데 아주 잠깐의 행복이 날아가고 있다.

갑자기 저 멀리서 악의 무리들이 나타났다.

왜 내 눈엔 저 모습이 노예가 끌려가는 것처럼 보이는 걸까?

그는 선배들에게 잡혀서 술 마시러 끌려갔다.

노예 납치다. 그 노예는 술 먹다가 병원에 실려가놓고도

지금은 끌려가야만 한다.

미안.

'미안'이라는 두 글자 문자에
왜 내가 더 미안해지는 거지?
정말, 노예와 데이트하기, 어렵다.
그 세계에서 살아가야만 하는 사람이다.


진심으로 그가 원한다면
그의 세계를 둘러싼 거짓말까지도 존중해줘야 한다.
노예가 선배에게 호출당하면 혼자가 되어버리는 나는,
그런 나는, 그런 운명조차 받아들여야만 하는
운명의 노예였다.

# 마주보며 서 있어

노예가 이제 티비에 자주 나온다.

여장을 하고 나오는데 예쁘기까지 하다.

그가 빵빵 터트리는데도 나는 왜 눈물이 나지?

그것은 아마도 내가 그의 아이폰을 가지고 있기 때문일 것이다.

그러려고 그랬던 게 아닌데. 어쩌다보니 그렇게 되었다.

내가 전혀 의도하지 않은 일이 내게 벌어지고 있다.

한 달 전 하필 강남대로 한복판 8차선 도로에서 우리는 싸웠다.


"그럼 갖다 버려."

"왜 내가 못 버릴 거 같아?"


나는 바로 창문 밖으로

내 손목의 힘을 모두 실어 그의 아이폰을 던져버렸다.

'다 비켜, 이 구역의 또라이는 나라고.'

던져버리고도 내가 더 놀랐다.

나는 차에서 내렸고 그는 쌩하고 가버렸다.

유턴하는 차선 바닥에 덩그러니 놓여 있는 폰.

다시 주워야만 한다.

욕먹을 각오로 나는 기어갔다.

신호 대기 중인 차 밑바닥으로 기어가

손을 뻗는 내 모습이 아마 어이없이 웃겼을 것이다.

그래도 개망신은 한 번뿐일 테니까,

아주 잠깐만 쪽팔리면 된다.


처음엔 주울 생각이 전혀 없었다.

그런데 그 폰에 있던 우리 싸움의 '원인'이 너무 예뻤기 때문에,

다시 내 눈으로 확인 사살을 해야만 했다.

자세한 얼굴이 궁금해서가 아니라

그녀의 머릿결이 싱싱하게 찰랑거렸기 때문에

다시 내 눈으로 보고 싶었다.

예쁘다.

내가 절대로 이길 수 없는 풋풋함이다.

그 풋풋함이 그에게 컨버스를 색깔별로 사줄 수는 없겠지만.

아이폰을 꺼도 눈부시다.

동시에 내게 지옥이 열렸다.

아이폰에 연동된 그의 페이스북이 날 괴롭게 만들었다.

걷잡을 수 없이 몰라도 되는 걸 계속 알게 되어버렸다.

우리는 그날 이후로 연락을 끊고 살았으나

그의 비밀 소식까지, 그의 정보는 계속 내 머릿속에
업데이트되고 있었다.


그는 여전히 한 가지 목표를 위해
99가지 하기 싫은 일을 하고 있었다.
그건 청춘에 자기 자신을 온전히 걸 수 있는 사람만이
가질 수 있는 자신감이었다.
왜 내가 계속 훔쳐보고 있는 거지? 이렇게 괴로운 건데.
한 번도 마주보며 서 있어본 적 없는 우리가
마침내 정면으로 마주보게 되는 이상한 순간이었다.
자, 나는 이제 지옥에서 나오려 한다.
아이폰을 초기화시키고 한강에 던졌다.
다시는 내 손으로 들어올 수 없는 저 멀리에.
아무리 노력해도 그가 마지막에 주고 간
김치의 진도가 나가지 않는다.


버려야겠다.
돌이켜 생각해보니 내겐, 김치 먹는 게 중요했던 게 아니었다.
김치 통이 '난 여기 있다고.' 그렇게 말할 것만 같은 그 안도감이 좋았던 거다.

그는 서울의 얼굴을 하고선,

우리 집 냉장고를 열 때마다 무슨 생각을 했을까?

김치 통을 다정하게 넣어주는,

그런 그가 있었다는 기억만으로도 나는 충분할 것 같다.

다만,
곁에 있고 싶을
뿐인데

원래 슈바이처는 오르간 연주에 뛰어난 뮤지션이었는데 사람들

은 '의사 슈바이처'의 삶을 더 많이 기억하죠. 삿포로는 6월엔 라

벤더의 보랏빛으로 물드는데, 사람들은 눈 내리는 1월의 삿포로

만 떠올려요. 가끔은 궁금해요. 사람들이 날 어떻게 기억할런지.

많은 사람이 생텍쥐페리의《어린 왕자》를 좋아하지만 저는 그를
《야간 비행》으로 기억해요.
그런 그를 동료들은 이렇게 기억하죠.

　　　생텍쥐페리는 그다지 모범적인 조종사는 아니었다.
　　　그는 비행기 동체의 감독이나 검사에 무관심했고
　　　조종석에 앉아서도 깊은 몽상에 빠지곤 했다.

아닐 수도 있어요. 어쩌면 그는 소설을 쓰기 위해 목숨을 걸고
비행했던 건 아닐까 하고 생각해요. 자신만의 경험을 언어로 기
록해나가는 일, 그 일을 가장 앞에 두고서요. 원래《야간 비행》
의 제목은 '무거운 밤'이었대요. 그가 그 무거운 밤의 두려움을
집어삼킬 수 있었던 건, 스스로 한계를 극복하는 모습을 보여주
고 싶었기 때문일 거예요.

그런 그가 없었다면 어두운 망망대해에서의 그 생생한 느낌을
어떻게 알 수 있었겠어요? 미야자키 하야오의 '바람이 분다'도

나오지 못했겠죠. 그는 자신이 가야 할 길을 명확히 알고, 그 세계에만 충실했어요. 자신만의 세계에 완벽히 빠져 있는 그 모습. 그것만큼 더 멋진 모습이 또 있을까요?

한때는 누군가를 가지고 싶어 제 자신을 잃어버리려고 애썼어요. 지금은 달라요. 타인의 이야기보다 자신의 목소리를 더 잘 듣는 사람이 좋아요. 저도 그러려고 노력하고요.
자기 자신의 세계를 잘 지켜나가는 사람이라면 '우리'의 세계도 분명 잘 지켜나갈 거라 생각해요. 제가 너무 힘들 때, 그가 보낸 문자 한 통,

무라카미 하루키 신간 나왔더라.

이 문자 한 통에 이미 행복해지는 나를 발견했어요. '보고 싶어.' '사랑해.' 이딴 말 다 필요 없어요. 내 세계를 아껴주는 사람의 말이 주는 이 뭉클함. 그거면 끝이에요. 그가 저를 하루키에 미친 여자라고 기억해도 괜찮아요. 그는 제가 무엇을 기다리며 살아가는지 아는 사람이니까요. 나 자신이 먼저 있고 그다음에 '우리'가 있는 거 아니겠어요?

나 자신에게 집중하는 일, 그건 그 누구도 의심할 수 없는 가장

확실한 행복이에요.


나 자신을 가장 앞에 두려 마음속으로
연습해요.
그런 나이기에,
누군가도 마음껏 좋아할 수도
있거든요.

Part 3

그럼에도   불구하고,
직진

무리한 짓은 많이 할수록 좋다.

일에서의 무리, 여행에서의 무리,

그리고 무리한 연애,

'그때는 내가 어떻게 됐었나 봐.'라고

이야기할 정도로

도드라지게 몹시 짙어지는 시간,

그것을 뭐라고 고쳐 말할 수

있을까, 라고 물으면

나는 '청춘'이라고 바꿔 말하고 싶다.

# 7년 전 여름밤, 마지막 3초의 포옹

"나는 지금 본격적으로 용기의 시간으로 간다."

# 카피맨을 찾아서

'카피맨은 지금 어디에 있을까….'

나는 지금 뉴욕에 있다.
아니 '그가 10년간 살아온 도시'에 있다.
그는 청춘의 시간을, 지구에서 가장 뜨거운 이곳에서 보냈다.
내가 20대를 서울에서 보냈어야만 했듯이,
그 또한 이곳 뉴욕에서
지쳤을 때도, 도망치고 싶었을 때도,
생각한 것보다 무언가가 잘되지 않았을 때도,
다시 돌아가고 싶었을 때도 있었을 것이다.
뉴욕은 그가 30대로 향하는 광경을 지켜보았으며
설렘과 뜨거움, 미칠 것 같은 외로움까지
많은 것을 그와 공유했을 것이다.
그런 뉴욕이, 내겐 처음이다.

정신을 좀 차리자.
큰 사고를 치고 뉴욕으로 도망 온 주제에
나는 뉴욕에게 질투를 느낄 자격이 없다.
오긴 왔는데 이 상황을 도저히 어떻게 헤쳐 나가야 할지 모르겠다.

그럼에도
불구하고,
직진

맨해튼, 첼시에 있는 오래된 아파트에서

내가 할 수 있는 일은 커튼을 치고 축 늘어져 있는 것뿐이다.

아파트가 오래되어 쓰레기 처리장도 옛날식이다.

저 벽에 뚫린 쓰레기통 뚜껑을 열고

종이에 내 잘못을 써서 버리면

11층에서 그것들이 비명을 지르며 떨어지겠지?

그럼 좀 괜찮아질까? 그렇게 해봤다. 그런데도 떨쳐내지지가 않는다.

그렇게 해서 용서받을 리 없다. 충분히 대가를 치러야 한다.


그도 이 치열한 도시에서 분명 많은 대가를 치르며

충분히 버텼을 것이다.

'아메리'에서 끊고, 더 힘주어 '카노',

이렇게 말해야 겨우 아메리카노 한 잔 시킬 수 있는 나는

이 도시에서 여전히 그를 떠올리고 있다.

첼시 마켓에서 체리를 샀다. 체리 한 알을 입에 넣고 나는 생각한다.

내 입속에 있는 이 체리의 탱글한 밀도가,

딱 이 만큼의 부드러움이 그의 입술과 완벽히 일치할 것 같다고.

만약 우리가 다시 만날 수 있다면, 나는 이것부터 확인해볼 것이다.

내 입술로 우리를 깨물어볼 것이다.

아니다, 더 그리운 게 있다.
체리의 밀도와 같게 여겨지는 그 입술로 던지던 작은 유머.
그 유머는 아직도 스릴 있고, 여전히 날 설레게 할까?


지금 뉴욕은 영하 20도에 비현실적인 폭설이 내린다.
살인적인 추위를 비웃기라도 하듯 뉴요커들의 패션은 거침없다.
'내 열정은 이 정도야, 넌?'
그들에겐 추위보다 자신의 스타일을 지키는 일이 더 중요해 보였다.
온 세상이 얼어붙었다. 센트럴파크도 브라이언파크도.
뉴욕도서관 앞에 용맹하게 서 있는 두 마리 사자마저 추워 보였다.
하나는 용기, 하나는 인내를 뜻하는 사자들. 그들이 내게 말했다.


"인내의 시간이 끝났다. 이제 용기의 시간이라고."


그리고 그를 처음 만난 날의 풍경이 내 앞으로 흘렀다.
내가 그를 처음 본 곳은 한여름 밤의 야외였다.
젊고 싱그러운 공기가 가득 모여 있는 하얏트 JJ.
귓가를 간지럽히는 정도의 음악 소리가 낮게 깔리고
그 위엔 나무들과 바람의 속삭임이

서로의 대화를 부드럽게 감싸주던 밤.

내 앞에 뜻밖의 그가 다가왔다.

나는 그때 소개팅 프로그램을 하고 있었고

내겐 근사한 일반인 남자 출연자가 절실하게 필요했다.

첫눈에 이 사람이라고 생각했다. 그가 내뿜는 에너지와 기운이 좋았다.

나는 그를 다음 주 녹화 출연자로 노리고 있었다.


그는 아무리 숨기려 해도

얼굴에서 사랑받고 자란 사람 특유의 윤기가 감돌았다.

궁금한 것을 참지 못해 뭔가 바쁘게 두리번거리던 그 눈빛.

그 눈빛에선 그 당시, 그가 인생의 가장 중요한 순간을

통과하고 있다는 중압감도 느껴졌다.

뭔지 모르지만 그냥 기분 좋게 느껴지는 세계.

게다가 그 세계를 표현하는 방식마저 모든 게 좋았다.

작은 유머를 섞어가며 자신을 낮추는 겸손함이 인상적이었다.


"전 복사밖에 못해요."라고 그가 수줍어할 때,

나도 모르게 어떤 단어를 꺼냈다.

"그럼, 카피맨?"

그 순간부터 그는 '카피맨'이 되었다.

"그럼, 축소 복사도 잘해요?"

"축소, 양면… 다 오케이죠. 복사 하나는 자신 있어요."


복사기 회사를 아슬아슬하게 다니는 인턴 직원처럼 말했다.

자신을 드러내기 부담스러워하는 무언가도 느껴졌다.

그것은 그가 나에게 무엇을 숨기기 위함이라기보다

무엇을 꺼내어놓는 것에 신중했기 때문이었던 거 같다.

위급한 상황이 아닐 때, 슈퍼 히어로가

자신의 영웅성을 숨기고 있듯이.

나는 그런 그의 상황과 태도를 존중했다.

그 시절 나는 무라카미 하루키에게 흠뻑 빠져 있었다.

어쩌면 일이 너무 힘들어 도망가고 싶었지만 그럴 수 없었기에

소설 속으로 수없이 도망을 다녔는지도 모르겠다.

우울할 땐 소설책을 샀다. 기분 좋을 때도. 닥치는 대로 샀다.

책을 읽어 치우는 속도보다 책을 사들이는 속도가 더 빠르기도 했다.


"카피맨은 책 읽는 거 좋아해요?"

내가 좋아하는 하루키를 그도 좋아하길 바랐다.

나는 하루키의 《상실의 시대》를 완전히 이해하지도 못하면서

폼으로 옆구리에 끼고 다니는, 그런 보통의 여자였다.

어쩌면 '하루키를 좋아하는 내 자신'을 좋아했던 것 같다.


"사실 소설은 별로 못 봐요.

소설 빼고 다른 책들은 많이 읽죠. 경제경영, 인문, 철학 같은."

"저랑 정반대의 실용서를 많이 읽네요, 전 거의 소설인데."

"부러워요… 소설엔 인생의 모든 게 담겨 있잖아요."

그의 말에서 실용서를 읽어야만 하는 어떤 '의무'가 느껴졌다.

모든 게 이미 다 깔려 있는 레일 위를 달려야만 하는.

서로가 읽는 책에서 느껴지듯이

우리는 전혀 어울릴 수 없는 다른 세계의 사람이었다.

뜨거운 열기로 가득한 여름밤이었지만

뜻밖의 쌀쌀한 밤공기를 막아내진 못했다.

그가 재킷을 가볍게 내 어깨 위에 얹어주었다.

그 순간 태어나서 한 번도 느껴보지 못한 어마어마한 무언가가

내 척추를 훑고 지나갔다.

거기서 이탈리아의 작고 외딴 섬 '카프라이아'의 향이 났다.

상쾌한 민트, 유칼립투스 그리고

거친 바위 속 관목의 향이 부드럽게 어우러져 압축된 공기.

쉽게 곁을 내주지 않을 거 같은 사람의 사려 깊은

손길이 느껴졌다.


그때가 지금으로부터 얼핏 7년 전이다.

그날이 내가 그를 본 처음이자 마지막 날이었다.

그리고 언젠가, 처음부터 아무것도 없었던 것처럼

다 사라질 줄 알았다.

카피맨이라는 별명도,

하루키 소설을 궁금해하는 눈빛도,

내 어깨에 닿았던 재킷의 온기도.

나는 그동안 셀 수도 없이 많은 소개팅을 하고,

엉뚱한 선을 보고,

가벼운 데이트, 잠깐씩의 연애,

그리고 말도 안 되게 결혼할 뻔한 해프닝도 겪었다.

그럼에도 불구하고 이렇다 할 이유도 없이 불쑥,

조금은 자주, 어떤 리듬을 가지고 반복적으로

그가 번쩍하고 머리 위에 떠올랐다.

이 패턴을 흐트러뜨리기 위해 무리한 여행도 떠나봤다.

어디든 돌아다니며 기억을 흩뿌려놓고 오면 잊힐 거라 생각했다.

낯선 곳에 그의 기억을 내려놓고 오면 나아질 거라고 믿었다.


그 순간이 내게 아무리 특별했다고 해도

그가 자꾸 떠오르는 건 이상한 일이다.

큰 사고를 치고 저지른 일을 추스르기에 바쁜

이 순간마저 그가 떠오른다.

다시 우리가 맥주를 앞에 두고 마주앉는다면

어떤 이야기를 나누게 될까?

그가 아직까지 내 번호를 가지고 있을까? 잘 모르겠다.

누가 뭐라 해도 나는 이 길을 가겠다고 마음먹었다.

그래, 마음을 먹으면

그 누구도, 내 자신조차도 나를 막을 수 없는 거다.

그냥 직진이다! 뒤돌아보지 않겠다!

카피맨에게 문자를 보냈다.


나는 지금 본격적으로 용기의 시간으로 간다.

# 블랙 터틀넥

""

진짜 몰라서
묻는 거예요?

"

그가 보낸 마지막 문자.

*늦지 않을 거예요.*

그는 약속 장소에 먼저 도착해 있었다.

자, 이제 카피맨을 만나고 나면 뭔가 후련해지겠지.

'지금', '여기', '우리', 이것에만 집중하자.

뒤돌아 앉아 있는 그의 어깨가 보였다.

그의 시선이 오직 나에게만 향하도록 앉아 있는 모습.

그의 뒷모습조차 내겐 처음이다.

두 어깨에 짊어진 어떠한 무게를 잘 감당해내고 있는 느낌.

왜 카피맨에게선 이런 게 느껴지는 걸까?

그가 어떠한 이야기를 해주지 않아도 그게 느껴졌다.

그가 뒤돌아보았다. 그는 뭔가 서류를 잔뜩 펼쳐두고

그것에 몰두하고 있었다. 재빨리 서류를 거두는 손이 보였다.

서류에는 뭔가 복잡한 숫자들이 뒹굴고 있었다.

그는 7년 전 내가 받았던 느낌보다 더 환한 광채를 품고 있었다.

그 부드러운 빛을 나 혼자 오롯이 마주하고 있다는 사실이

꿈처럼 느껴졌다.

그는 블랙 터틀넥을 입고 있었다.

스티브 잡스가 늘 그래왔던 것처럼.

그에게는 군더더기 없이 드러난 카리스마는 물론

다양한 스펙트럼의 빛깔이 묻어 있었다.

한 번쯤 그를 좋아해봤을 여자들이라면 모두가 안기고 싶었을

가슴엔 이 세상의 모든 것들을 다 품어낼 수 있는 다정함이 있었다.

나는 그와의 만남을 앞두고 모든 일상이 뒤죽박죽이었다.

팬이었던 감독과 새로운 드라마 집필 계약을 하던 그 순간에도

집중하지 못하고 머릿속이 어지러웠는데,

그는 너무도 차분히 자신의 일을 처리하며

나와 마주하기 1초 전까지도 자신만의 일에 몰두하고 있었다.

그의 시선이 내 얼굴에 닿았을 때, 상쾌한 바람이 스쳤다.

영원히 붙잡아두고 싶은 순간이다.

7년의 시간보다 우리는 분명, 더 서둘러 어른이 되어 있었다.

그가 가장 먼저 꺼내든 말은 이거였다.


"근데 핸드폰에 저 카피맨이라고 저장되어 있죠?

제 이름이 뭔지는 아세요?"

그러나 내게 모두가 사용하는 그 이름은 필요 없다.
내겐 나만의 '카피맨' 하나면 충분하다.
음식을 평가하기 위해 만난 미식가 모임도 아닌데,
그는 둘이서 다 먹을 수 없는 많은 양을 주문했다.

"이건 무슨 소스죠? 이건 뭐가 다른 거죠?
이렇게 주문했을 때 어떤 걸 빼면 좋을까요?"

주문받는 종업원의 머릿속이 터질 것 같아 보였다.
그의 큰 눈은 음식을 한 번만 흘끗 봐도 모든 맛을
이해할 수 있는 것처럼 보였다.
마찬가지의 눈빛으로 그는 나를 바라보고 있었다.
어떤 특별한 통찰력이 응축된 느낌의 물기 가득한 눈.
그리고 음식이 나올 때마다 앞 접시에 소담하게
음식을 담아주는 그의 손길은 따뜻했다.
자, 그렇게 종업원이 사라지고 이제 둘만 남겨졌다.
내 심장에 돌덩이 하나가 쿵 하고 내려앉았다.
무슨 말을 어떻게 시작해야 하는 걸까?

"7년 동안 어떻게 지냈어요?"
"복사를 하다가 이제 복사를 시키게 되었죠."

나도 대본을 쓰다가 대본 쓰는 걸 시키게 되었다.
그만큼의 시간이 우리에게 흐른 것이다.


"그때 저, 기억나세요?"
"전 다 기억나요, 그때 내가 현진 씨 집까지 데려다줬었죠.
집 앞까지 데려다주곤 잘 들어갔냐는, 바보 같은 문자도 했어요."


여기서부터 내 기억과 카피맨의 기억이 엇갈려 있었다.


"그래서 내게 현진 씨는 특별하죠."


나는 그게 의문이었다.
그런데 왜 그렇게 쉽게 그의 손이 날 놓아버렸는지,
왜 우리가 그렇게 끝나버렸는지,
그때의 나에게 다정한 따뜻함을 심어두고 왜 사라져버렸는지에 대해.

"전 시간 낭비하는 사람 아니에요.

그날 내가 왜 그랬는지, 진짜 몰라서 묻는 거예요?"


몰라서 물었다. 나는 결코, 그를 쥐락펴락한 적이 없다.

그날 밤 우리에게 무슨 일이 있었는지 알아내야만 한다.

왜냐면, 그의 다음 질문이 너무도 끔찍했기 때문에.


"그런데 왜 내가 7년 만에 갑자기 남자로 느껴졌죠?"


'갑자기'라는 단어에서 에어백이 팡 하고 터지는 느낌이었다.

하루키를 왜 좋아하냐는 질문만큼이나 어이없는 말이다.

우리 사이에 어떤 오해가 놓였던 거 같다.

나는 갑자기가 아닌데…

처음부터 쭉 그렇게 느끼고 있었는데, 왜 그런 말을 하는 걸까?

그가 기억하는 나는 일에 미쳐 있었다고 했다.

계속 출연자 소개시켜달라며 그것에만 매달렸다고 했다.

내가 일 때문에 그를 밀쳐버렸다니,

말도 안 돼. 믿기지 않는다. 뭔가 잘못된 거다.

# 그럼에도 불구하고,
# 직진

"
우리
또 보는 거죠?
"

그는 어른들의 대화 주제를 꺼냈다.

'우리는 이 정도로 심각하고 진지한 이야기를

이렇게 재밌게 나눌 수 있다.'는 걸 확인해보고 싶은 사람처럼.

마치 굉장히 논리적이고 깊이 있는 이론 강의를

얼마 동안의 시간을 들여 준비해온 사람 같았다.

그의 이야기는 기승전결이 완벽했고

어려운 포인트에서는 알기 쉽게 부연 설명을 했으며

지루한 주제임에도 불구하고 나를 완벽히 집중시켰다.

우리의 첫 만남이 그러했듯이,

이렇게 다른 누군가와는 절대로 만들어나갈 수 없는

우리 둘만의 대화가 있다.

그리고 우리 둘만의 웃음 포인트가 있다.

어떤 누군가도 끼어들 수 없는 우리 둘만의 공기.


종업원이 그릇을 정리하러 왔다.

그는 종업원에게 귀찮은 질문을 했다.

어디서 많이 본 풍경이다.

바로 그거였다.

아빠가 종업원을 대하는 태도와 그의 태도가 같다는 것.

그 따뜻한 유머의 톤.

늘 재밌는 이야기로 그들에게 웃음을 주었다.

그에게 아빠가 묻어 있다.

그것은 나만이 알아챌 수 있는 평행 이론이었다.


어쩌면 세상의 모든 딸들이

좋아하는 남자에게서 아빠와 닮은 구석을

열심히 확인해가는 것이 사랑인지도 모르겠다.

내가 어릴 때 아빠가 형편이 어려운 친구들의 걸스카우트 캠프비를

기꺼이 내어주며 나에게 연습시킨 게 있다.

바로, 비밀을 지키라는 것!

그것마저도 같았다.

그는 여러 가지 좋은 일을 하며 다른 이들에게 도움을 주고 있었는데

내게 마지막으로 당부한 게 비밀을 지켜달라는 것이었다.

그의 당부에 나는 강한 의무감을 느꼈다.

그리고 서로의 맥주잔이 비었을 때 그가 말했다.


"한 잔 더 하실 거죠?"

"아니요, 저 주량이 적어요…."

"어? 그날은 술 잘 마셨던 걸로 기억하는데…."

"우리 그날 좀 취했었어요."


궁금했다.

우리가 취해서 어떤 모습이었는지,

어떤 대화를 나누고 서로를 어떻게 느꼈는지.

그때로부터 우리는 일곱 번의 봄을 더 거쳤고,

그 이후로 그를 거쳐간 여자들은 누구였는지

그중에 어떤 사람이 그를 흔들었으며

어떤 사람이 그에게 상처를 주었으며

어떤 사람이 가슴속에 남았는지에 대해 모든 게 궁금했다.

그리고 그 시간 속에 나를 생각한 시간도 있었는지,

아니면 완전히 날 잊고 지냈는지도 궁금했다.


"두 잔 더 주세요."


그가 종업원에게 웃으며 말했다.

그렇게 우리 앞에 새로운 맥주가 놓였고 이야기는 계속되었다.

"현진 씨는 인생에서 어떤 깊은 상처나 슬픔이 없는 사람으로 보여요.
무언가 잃어본 적도 없죠?
난《상실의 시대》를 열심히 읽는 걸 보고 느꼈어요.
상실의 경험이 없으니까 그걸 하루키가 대신하게 해준 거죠."


뜻밖의 돌직구였다.
한 번도 상실에 대해 진지하게 생각해본 적이 없었다.


"사실 저 상처 많고 슬픔 많은데 돌이켜보니…
그걸 잊어버리는 능력이 뛰어난 거 같아요."
"최근에 어떤 상처를 겪었는데요?"
"저 최근에 엄청 큰일 겪었죠, 제 작가 인생 마감될 만한 일."


그와 그 일들을 이야기할 거라곤 생각 못했다.
그는 특별한 방식으로 나를 위로했다.
그의 따뜻한 말 한마디에
내 실수와 잘못이 아무것도 아닌 게 되었다.
그와 다시 되짚어보니 내가 겪었던 그 사건은
내가 얼마나 많은 사람에게 사랑받고 일하고 있었는지를

증명하는 사건에 불과했다.

나는 그 순간 이후로 현실을 있는 그대로 보지 않고

내가 보고 싶은 대로 보게 되었다.

그가 해석해주는 그대로.


그가 던지는 몇 가지의 질문을 통해

그가 없었던 시간의 내 인생이 차근차근 정리되었다.

나의 미래의 방향까지도.

그가 내 머릿속을 어질러놓을수록 생각이 정돈된다는 것이 신기했다.

그만큼 그의 질문은 강렬한 힘을 가지고 있었다.
그렇게 흩어져 있던 나의 실수들을
보이지 않는 실로 단단히 엮어주고
작은 위로까지 얹혀주는 그의 솜씨는 근사했다.

"고전이나 대단한 작품들을 보면 비극이 많잖아요.
우리의 삶에는 두 가지 비극이 있어요.
하나는 내가 원하는 것을 갖지 못하는 것이고
나머지 하나는 내가 원하는 것을 갖는 거예요."

그의 말에 따르면 그럼 내가 그를 갖지 못해도 비극,
가져도 비극, 결국 인생은 비극이라는 거다.

"난 뉴욕에서 비행기를 팔았어요.
미국에서 쭉 살 줄 알았는데, 쭉 살고 싶었는데
집안의 가업을 물려받아야만 해서 강제 귀국당했죠."

그는 원하는 것을 갖지 못했다.

"그 시절 진짜 복사를 많이 했어요.
잠시 서울에 들어왔을 때 현진 씨를 만나게 된 거고요.
일종의 펀드 매니저 같은 거죠. 새 비행기를 리스처럼 대여해주고
나중에 그것을 파는 일."


그래서 그에겐 돈의 흐름이나 어른들의 세계,
상대방의 심리를 꿰뚫으면서 말하는 방법,
매너 있는 태도가 익숙하게 녹아 있었다.
그는 비행기를 파는 일과 '연애'하는 사람처럼
그것을 떠올리며 이야기할 때 설레 보였다.
듣는 사람에게까지 온전히 전달되는 그 설렘.


그는 내게 꾸밈없다고 했다.
하지만 나는 최선을 다해 나를 꾸미고 있었다.
그의 세계에 어울리는 사람이 되고 싶어서.
나의 꾸밈이 바닥을 서서히 드러나기 시작할 때 나는 도망을 쳤다.
이야기를 뚝 끊고 서둘러 자리를 뜨는 내 모습이 이상했을 것이다.
그의 눈동자가 흔들렸다.
그리고 내 마음도 흔들렸다.

"우리 또 보는 거죠?"

동시에 그는 나를 안았다.
그 말이 왠지 그가 말한 비극, 그것의 시작처럼 슬펐다.
사람에게는 저마다 예감 능력이 있다는데
나는 특히나 비극을 예감하는 능력이 뛰어나니까.
내 심장과 그의 심장이 최대한으로 가까워지는 그 순간
우리들의 7년 전 여름밤이 생각났다.
분명 그 순간이 우리를 붙들었다.
나는 내 안의 용기를 총동원해 그의 품을 박차고 돌아섰다.

"데려다줄게요."

그가 한 번 더 나를 붙잡았다.
그는 내게 인생에서 '큰 슬픔을 겪지 못한 사람' 같다고 했지만
그 순간 그가 내게 가장 큰 슬픔을 주고 있었다.

"같이 가요."

더 이상 들키기 싫다.

7년 전 그가 우리 집 앞까지 데려다주었을 때,

나는 그때로부터 아무것도 달라지지 못했다.

그때만큼 나약하고, 겁도 많고, 무기력하다.

다시 우리 집 앞에서 나는 어떤 이야기를 하고

어떤 표정으로 그를 돌려보내야 할지 자신이 없었다.


이게 마지막이어도 좋다.

어쩌면 나는 이 3초의 포옹을

평생 가슴에 넣어두고 살아가야 할지도 모른다.

그래도 괜찮다.

그가 내 영혼을 가만히 어루만져주는 이 느낌을

끝까지 간직하고 살아가면 되니까.

그건 아무도 못 뺏어가는 거니까.

한걸음도 내딛을 수가 없다.

그럼에도 불구하고 직진, 앞으로 나가야만 한다.

# 심장이 터질 것 같은
# 꿈

"
나 꿈이 있어요.
"

현진아, 진짜로, 보고 싶어!

내가 아는 카피맨이 아니다.

그가 이런 문자를 보낼 리 없다.

그는 절대로 '보고 싶다.'는 말을 하는 사람이 아니다.

이 문자가 도착했을 때 나를 둘러싼 공기가 달라지는 걸 느꼈다.

그가 닫아놓았던 마음의 문을, 이제 여는 느낌.

이제는 내가 들어와도 된다고 허락받은 느낌.

나는 잠 못 이룬 숱한 밤의 흔적을 감추고

그를 만나러 갈 각오를 끝냈다.


그를 만나러 가는 길은 언제나 비현실적이다.

동굴로 들어가는 느낌이랄까.

마치《이상한 나라의 앨리스》처럼

내 의지와 상관없이, 육체와 정신이 낯선 곳으로 빨려 들어가버린다.

우리를 골탕 먹일 시간 토끼가 나타날 리는 분명 없지만,

늘 어떤 불안한 공기가 우리 곁을 맴도는 건 확실했다.

그뿐만 아니라 우리는 항상 낯선 공간에서 만났다.

그 공간이 주는 낯선 처음이라는 공포를 어쩌면 즐겼는지도 모른다.

내가 먼저 도착해서 자리에 앉았을 때 친구에게서 전화가 걸려왔다.

친구와 통화를 하고 있는데 출입문으로 들어오는 그가 보였다.

성큼성큼 걷는 걸음걸이에서 당당함과 자신감이 느껴졌다.

목은 방금 타이를 풀어 집어던지고 셔츠의 단추를 오픈한

자유로운 느낌이고 그 위엔 가벼운 재킷,

보트 슈즈 안에서는 귀여운 물방울무늬 양말이

걸음걸이의 각도에 따라 보일 듯 말 듯하며 시선을 끌었다.

전화를 끊으려 하는데 친구가 끊어주지 않았다.

그는 내 빈손을 살짝 잡고는 깍지를 꼈다.

서로의 손은 블랙홀에 빨려 들어간 것처럼 꽉 맞물렸다.

나는 가끔 우리의 손이 포개어졌을 때의 느낌이
궁금했다.


그는 야외 자리를 원했다.

그런데 직원은 단호하게 야외는 마감했다고 했다.

그런 거절에 익숙하지 않은 듯,

그는 이 별것 아닌 일을 유별나게도 불쾌하게 여겼다.


"아, 그냥 우리 가게 가서 먹을 걸 그랬나요?"

"우리 가게?"


그렇게 시작된 그의 사업 이야기는 충격이었다.

나도 그에게 물어본 적이 없고, 그도 딱히 말할 기회가 없었다.

그가 물려받았다는 가업은 짐작보다 훨씬 거대했고,

그가 지키고 만들어나가야 할 세계는 상상 이상이었다.

그는 내가 아무리 피해도 서울에서 살려면

그의 회사에서 만든 음식을 먹을 수밖에 없는

커다란 식품 기업의 CEO였다.

그러면서 많은 장면이 스쳐 지나갔다.

메뉴를 주문할 때의 엄격함이나 매장의 인테리어며

직원들이 어떤 태도로 움직이는지를

냉철히 스캔하던 일 등이 지금의 그를 뒷받침해주었다.

그는 자신의 신분을 드러내지 않은 채

내 앞에서 7년 전과 똑같은 농담을 해대면서

장난꾸러기인 척을 했던 것이다.

드디어 그가 내 앞에서 카피맨의 가면을 벗었다.


"현진 씨가 쓴 그 드라마 그거 대단한 거던데요?"

"아… 그거 별거 아니에요. 근데, 어떻게 아셨어요?"
"사실은, 우리 회사 제품을 그 드라마에 협찬한다고
보고를 듣는데, 현진 씨 작품이더라고요."
"네? 진짜요?"

그때 느꼈다. 인연이라는 것은 역시 존재하는 거라고.

"전, 드라마를 배운 적도 없고
제작사에서 예능 작가를 원해서 한 건데, 운이 좋았죠.
전 드라마 문법 이런 거 아무것도 몰라요."
"나는 그렇게 생각 안 해요.
한 분야에 정통하면 나머지에도 다 적용되는 거예요."

개연성이 있네 없네, 사수가 있네 없네, 그런 말들에
서러워질 때마다 떠올릴 그의 따뜻한 말 한마디였다.
이런 생각을 가진 사람이다.

"나 꿈이 있어요."

한 남자가 꾸는 꿈은 단지 그 꿈을 품었다는 것만으로도
근사해 보인다.


"우리 회사를 배경으로 드라마 만드는 거요."


'드라마.'
심장이 터질 것 같은 꿈이다.
그 말을 하는 그에게서 마찬가지로 드라마를 좋아하는
내가 겹쳐져 보였다.


"그 드라마 작가는…"
서로의 맥주잔을 부딪이며 그가 말했다.
"바로, 너."


바르지도 않으면서 그냥 들고 다니는 내 샤넬 립스틱을 꺼내
그의 엄지에 칠하고 냅킨에다가 찍었다.
그것이 우리의 가계약이었다.
이 계약이 지금으로부터 얼마 후에 지켜질지는 모르겠지만
우리의 꿈을 소중히 하기 위해서.

# 손 닿는 거리

"
넌 좋아하는 남자 생기면

어떻게 표현해?
"

계절이 바뀌고, 우리는 반말하는 사이가 되었다.

우리가 만나기로 한 곳은 한 호텔의 일식집이었다.

나는 먼저 도착해 로비에서 지하로 이어지는 계단 중간에 앉아

해결해야만 하는 통화를 하고 있었다.

그가 내 앞을 스치고 지하로 내려갔다.

그가 입구에 들어서자 직원들이 단체로 모여서 반갑게 인사를 하고,

그가 안으로 들어가자 흩어졌다 다시 모여들어 뭐라고 수근거렸다.


그들이 나누는 인사의 밀도로 보아선

나보다 더 그를 잘 알고 있는 느낌이었다.

사실 나는 그날 거기 있으면 안 되는 사람이었다.

다 넘긴 대본을 통으로 바꿔달라는 요청을 받았다.

아닌데, 난 내가 쓴 톤이 맞다고 생각하는데.

정말 이럴 땐 어떡해야 하지? 누구한테 물어봐야 하지?

모르겠다.


"생일 축하해, 오늘 예쁘게 하고 왔네."


누가 봐도 예쁠 리 없다.

수정해달라는 대본 붙들고 조금 전까지 울다가 왔다.

어떤 어리광을 부리고 싶어서였는지,

무슨 위로가 받고 싶어서였는지,

나는 투덜거리고 말았다.

이번 주에 나에게 닥쳤던 서러웠던 일들,

그리고 바보같이 대처했던 행동들,

모든 게 봉인 해제되어 나는 그에게 털어놓고야 말았다.


"현진아, 너 앞으로 울지 마… 힘든 건 잠시야."

"그거 아무것도 아니야."로 시작된

그의 힘겨웠던 과거는 스케일부터 달랐다.


"그렇게 결정할 게 많은데, 누구한테 물어봐?"

"나 혼자 해."

"그럼 너무 외롭고 힘들잖아, 미쳐버릴 거 같고."

"난 결정을 빨리해. A든 B든 결정하지 않고 망설일 때

리스크가 더 크거든, 그리고 회사는 군대야.

리더가 우왕좌왕하는 모습을 보이면 그 조직은 끝이야."

"그래도 오빠 신중하잖아."

"그래서 메디테이션을 많이 해야 해."

"명상? 주로 언제 해?"

"항상."


아무런 생각 없이 힘들면 울어버리는 나와는 달리

그는 명상을 통해서 생각과 행동을 다스리는 것 같았다.

나는 자전거 타는 법을 배우듯, 몸으로 익혀

절대 잊을 수 없는 무언가를 그에게 배우고 있었다.

예를 들면 식당에 가면 꼭 그는 직원들과

눈을 맞추면서 따뜻하게 인사를 하고

그들과 소리 내어 웃으며 교감한다.

그는 언제나 열려 있었다.

늘 다정한 호기심을 잃지 않았다.

누구에게나 가장 뜨거운 심장을 내어주지만,

그 누구의 마음에도 들려 하지 않았다.


그 특별한 순간은 내가 책에서 읽었던

'좋은 경영자가 되려면 인간을 이해하는 폭이 넓어야 한다.'

같은 이론들을 서로 이어주었다.

감히 내 인생의 터닝 포인트라고 불러도 될 만큼

그와의 만남 한 번이 나를 뚜렷하게 바꾸어놓았다.

그와 밥을 먹을 때도,

차에서 음악을 들을 때도,

지나간 사랑을 이야기할 때도,

그 모든 순간, 나는 그의 지배를 받으며

생각과 태도, 세상을 바라보고 이해하는 방식을 바꾸고 있었다.

누군가로 인해 내가 바뀌고 있다는 느낌은

마치 다시 태어난 느낌 같았다.


"난 다시 태어나면 음악을 할 거야."

"지금해, 당장."


난 그때의 흥분을 잊을 수가 없다.

그 순간 왠지 그가 음악을 '지금' 해야 한다고 생각했다.


"작곡을 배우고 싶은데,

피아노가 좋을까, 기타가 좋을까?

둘 다 비슷하겠지?"

"아니, 전혀 달라.
악기에 따라 음악의 결이 다르다고 했거든."


나도 작곡을 해보고 싶었는데,
내가 좋아하는 것을 내가 좋아하는 사람이
대신하는 모습을 지켜보는 느낌도 궁금했다.
서로가 아니면 그 누구와도 이런 것들을
나눌 수 없다고 생각했다.


"넌 좋아하는 남자 생기면 어떻게 표현해?"


한 번도 그런 생각해본 적 없다.
마치, 내가 좋아했던 사람이 아무도 없었던 것처럼
머리가 하얗게 변했다.
생각해봐야겠다. 좋아하는 남자가 생기면 어떻게 하는지.
하지만, 한 가지 확실히 알 수 있는 것은 있다.
내가 그처럼 행동하고 있다는 것이다.
나의 말, 생각, 태도.
곳곳에 그가 배어 있다.

누군가를 좋아하는 가장 확실한 증거는

바로, 따라쟁이가 된다는 것.

그 사람의 행동을 복사하는 것이다.

나는 카피맨을 복사한 카피걸이 되어버렸다.

뉴욕 살 때부터 빨라졌다는

그의 힘 있고 빠른 걸음걸이대로 걸었으며

그의 식습관마저 따라했다.

그는 맥주와 초밥 이외에 차가운 음식을 상대하지 않았다.

그의 입으로 들어가는 건 늘 따뜻해야 했다.

그리고 모르는 사람을 대하는 시선과 방법까지,

나는 그를 닮아갔다.


"선생님은 니 주변에서 다양한 모습을 하고 있어.

너에게 커피를 서빙하는 점원,

택배 아저씨, 청소하는 아주머니…

그러니 언제나 마음을 열어두고 있어야 해."


우리는 손 닿는 거리에 서로가 있기를 바랐지만

우리 관계를 설명할 단어는 세상에 없었다.

이름 없는 우리의 관계만큼이나 하는 짓도 모호했다.
만나면 이상한 이야기를 전투적으로 나누곤 했고
그 이야기는 늘 우리를 현실에서 벗어난 낯선 곳으로 데려다줬다.


"가장 중요한 건 말하지 말랬어."
"누가 그랬어?"


그가 무라카미 하루키의 신간 소설을 꺼내들며 말했다.


"무라카미 하루키가."


그 순간 표지에 있는 무라카미 하루키(村上春樹)의 이름이
선명하게 내 눈에 들어왔다.
이름의 뜻을 풀어보면 '마을 위의 봄 나무'다.
그래, 그는 내게 있어 나만의 '무라카미 하루키'였다.
마을 위에 서 있는 한 그루 봄 나무였던 거다.

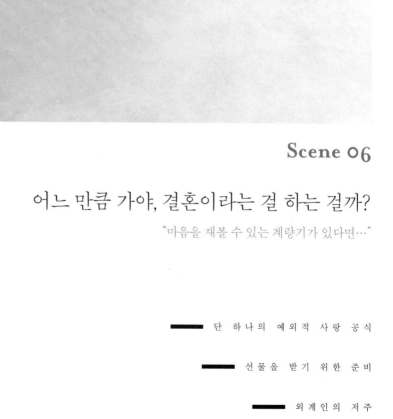

## Scene 06

# 어느 만큼 가야, 결혼이라는 걸 하는 걸까?

"마음을 재볼 수 있는 계량기가 있다면…"

# 단 하나의
# 예외적 사랑 공식

"
가위바위보해서
너 졌잖아.
"

여러 번, 그것도 모두가 반대하는 연애를 했었다.
이유는 다양했다.
그런데 이번엔 친구들 눈에 그가 너무 '못' 생겨서였다.

"어떻게 같이 다녀?", "불편하게 생겼어."

끝까지 '내 생각대로' 밀고 나가기 위해선
귀를 막아야 할 때도 있다.
잘생김이 없는 것이 최고의 잘생김이었다.
둥근 몸에 둥근 얼굴, 거기다 특별하게 작고 둥근 눈.
아기자기함에 파묻혀 있는 둥그런 선, 그만이 가진 폭신폭신함이 있다.
마치 그는 소보로 빵을 연상시켰다.
캐러멜 색의 보슬보슬 바삭거리는 겉과 완전 다른 반전,
순수한 속살의 결이 소름끼치게 부드러웠다.
그는 스무 살에 미국으로 날아가 학사부터 박사까지 마치고
미뤄둔 군복무를 위해 잠시 한국에 들어온 예비 교수였다.

"그냥 이중 국적하면 군복무 대체 이런 거 안 해도 되잖아요?"
"난 그게 불가능해, 나 국비로 유학해서 군복무 안 하면

그러니까… 몇 억을 다시 뱉어내야 해."

그가 처해 있는 상황은 독보적으로 복잡했다.
그는 자신을 이해시키기 위해 여러 가지 이야기를 늘어놓았다.
생활비가 없어 맥도날드 햄버거 하나를 쪼개 하루에 나눠먹던 일,
김치를 먹지도 않았는데 냄새 난다는 이유로 수업에서 쫓겨났던 일,
동양 남자라는 이유로 맞았던 일.
그 모든 이야기는 '버티자.'라는 동사로 압축할 수 있었다.

그는 물리학을 전공했고, 물질 사이의 힘을 연구하는 일을 했다.
그와 나 사이의 힘엔 '1박 2일'이라는 프로그램이 숨어 있었다.
그는 내가 했던 여행 버라이어티 프로그램의 광팬이었다.
미국에서 한 편도 놓치지 않고 꾸준히 보아왔다고 했다.
타지에서 지독한 외로움을 그렇게 견뎌왔던 것인데
그것이 마치 우리의 운명적 연결 고리처럼 여겨지기도 했다.
그는 스태프였던 나보다 방송 내용을 디테일하게 기억하고 있었다.

"부산 기상미션에서 성시경이랑 가위바위보해서 너 졌잖아."
"그 모든 걸 다 기억해?"

"그리고 바우길 2코스 걸을 때, 니가 뒤에 계속 걸렸어.

너 후드 안에 캡모자 쓰고 있었잖아."

"그거 나 아닐걸? 모든 여자 스텝이 그러고 있는데?"

"너 회색 후드에다가 분홍색 손수건 목에 걸고."


그의 눈에만 보이는 것이다.

뭘 그렇게도 별 걸 다 열심히 기억하고 있는지,

이 정성에 무슨 상을 줘야 할까?


"그건 우리 엄마도 몰라봐."


엄마도 알려고 들지 않은 것을,

그가 애써 챙겨보고 있었다는 사실에 뭉클했다.


"캠퍼스 특집 편에서 로봇 축구할 때 나 사실 거기 있었어,

아는 교수님 만나러 갔다가 우연히."


그렇게 우리의 연결 고리에 의지하며

그는 해치워야 하는 군복무 대체 근무를 성실히 이행하고 있었고

동시에 미국으로 돌아갈 준비도 차근차근 하고 있었다.

"다음 달에 같이 미국 들어가자.
니가 살 집 보여주고 싶어."

갑자기 머리가 어지러웠다.
어느 정도를 좋아해야 결혼이라는 것을 하는 걸까?
그 마음을 재볼 수 있는 계량기라도 있으면 좋겠다.
나는 해보지 않은 것에 대한 막연한 공포가 있다.

왠지 결혼을 하면 어떤 부분에 대한 감각의 문이
철컹하고 닫혀버릴 것만 같았다.
다시는 열지 못하는 문이.


"너 내가 얼마 버는지 궁금하지?
학교랑 5년 연구 교수로 계약했어.
그런데 난 이걸 나 혼자 버는 거라고 생각 안 해.
니가 내 옆에 있어 준다면 너와 내가 같이 버는 돈이야.
재벌과 극빈자만 아니면 물질에서 느끼는 행복은 비슷하다고 생각해.
그런데 사람들은 왜 그걸 모르고, 자에서 작은 눈금처럼
중요하지 않은 걸 계산하느라 목매는지 모르겠어."


내가 하던 짓이다.
정말 뭘 그렇게 저울질을 하고 있었는지 모르겠다.
이 말이 뭐라고, 여기에 엄청난 논리나 이론이
들어 있는 것도 아닌데
왜 그의 말이 과학적으로 느껴지는 거지?
그의 말에 고개가 끄덕여졌다.
그는 '딱'하고 결론을 내린다.

명쾌했다. 그 결론에는 군더더기가 없다.


"너 사진 공부하고 싶어 했잖아, 여기 니가 갈 만한 학교 정리해봤어.
학교는 중요해, 앞으로 니 인맥들을 만날 곳이니까."


체계적이다.
내가 무엇을 바라는지 알고, 내 꿈을 정확히 툭 건드린다.
어슴푸레한 안개가 걷히고 그 사람이 더 분명하게 보이기 시작했다.
내 인생에 계획이라는 것이 생기기 시작했다.
그가 짜놓은 계획은 구체적이었다.
그중에서도 어린아이처럼 친구 집에 날 데려가는 것에 가장 설레 했다.


"날 때렸던 그 친구를 네가 만나줬으면 해.
나 걔랑 베프됐잖아, 걔가 너 보고 싶대.
집으로 초대했어."


감독에게 자신의 시나리오가 있듯이 그에겐 자신의 공식이 있다.
미래에 대한 답이 딱하고 나와 있는 사람.
그는 자신의 공식을 의심하지 않았다.

나는 그런 그의 공식을 존중한다.

그 보편적인 공식엔 다른 여자들을 대입해도 답은 같을 것이다.

나, 이대로 괜찮은 건가?

나는 나만을 위한 예외적 공식을 원했다.

# 선물을 받기 위한
준비

"
자리를 지켜.
"

그의 계획이 성실히 실행되면 내가 살아가는 시공간이 바뀐다.

새로운 언어를 익혀야 하고 낯선 사람들과 어울려야 한다.

나 미국 가면 행복할까?

심심한 천국이겠지? 난 재밌는 지옥에서 살았는데.


"넌 맥주 500도 다 못 마시는 애잖아, 세 모금 마시면 지루해서."


친구가 정신 차리라며 내게 충고했다.

그런데 그때 일어난 한 사건이 내 선택을 도와주었다.

여느 일요일처럼 생방을 끝낸 회식 자리에서 황당한 사건이 일어났다.

워낙 순식간이라 내가 들었던 정확한 말은 기억나지 않는다.

한 스태프가 나에게 성적으로 불쾌한 말을 했다.

머리부터 발끝까지 수치스러운 어떤 말.

10년 넘게 일을 하면서 그만두고 싶은 때도 여러 번 있었다.

그런데 이번이 절호의 찬스라 생각되었다.

지금 그만둔다 해도 절대 후회하지 않을 정도의 모멸감이라 확신했다.

그래 나 하고 싶은 거 다했어.

토크, 버라, 코미디, 음악쇼까지 다 해보고 드라마도 썼어.

미련 없어, 이제 그만둘까?

나는 집으로 돌아와 울면서 그에게 이 사건을 알렸다.


"나 당장 관둘 거야."


그는 조용히 내 말을 듣기만 했다. 침착했다.
그래도 내 편이 되어줄 줄 알았다. 함께 욕해줄 줄 알았다.
'다 때려치우고 결혼 준비나 해.'라며 좋아할 줄 알았다.


"자리를 지켜. 너 절대로 그런 식으로 나오면 안 돼."


내가 그의 앞에서 편하게 울고 있다.
그는 내게 필요한 사람이었던 것이다.
숨어 있기 좋은 방을 가진 것 같았다.
그 순간, 그가 평생을 깊이 알아온 사람처럼
편안하게 느껴졌다.


편하게 울 수 있다는 것.
이건 너무 사랑해서 계속 함께 있고 싶은 감정과는
분명 다른 것이다.

결코 질리지 않는, 절대 질릴 수 없는,

그 편안함의 의미를 나는 알게 되었다.

외모나 재력, 취향을 뛰어넘은 그 무언가가 내게 말하고 있었다.

'이런 사람이라면 평생 그의 곁에 있어도 된다.'고.

그는 지식뿐만 아니라 지혜까지 넉넉한 사람이었다.

그런 점에서 그는 의심할 여지가 없었다.

그는 내가 뭘해도 내 곁에 있어줄 사람이었다.


"첫인상보다 마지막 인상이 더 중요해, 라스트 임프레이션."


그의 말들은 너무 좋은 문장이 많아서

마치 책이라면 모두 밑줄을 그었을 법한 수준이었다.


"차근차근 되겠지."


그는 모든 일을 그렇게 처리해왔다.

그래서 내가 작은 일에 흥분하거나 무언가에 미친 듯이 이끌려

즉흥적인 사고를 쳐도, 그의 말은 늘 나에게 안도감을 주었다.

영화 '어바웃 타임'에선 '결혼은 따뜻한 사람과 하라.'고 했다.

아니 인간의 체온이 36.5℃ 다 거기서 거기인데

따뜻하다는 거 어떻게 알아보는 거야? 싶었다.

그런데 순간 나는 그 따뜻함의 의미를 온몸으로 깨달았다.


"그 스태프는 직원이고 우린 비정규직 노동자야,

그러니까… 니가 원하는 해결은 어렵지 않을까?"


선배들은 이 일을 조용히 덮길 바랐다.

선배들도 이런 일들을 조용히 덮고 살아왔기 때문이다.

나는 선배의 말보다 그의 말에 더 귀를 기울였다.

덮지 않았고, 그의 말대로 나는 온힘을 다해 자리를 지켰다.

결국 내가 원하는 해결이 눈앞에 펼쳐졌다.

그 스태프의 팀장이 나에게 와서 90도로 고개를 숙이며 사과했다.

그 장면을 보는데 마치 꿈을 꾸는 듯했다. 비현실적이었다.

나는 그 팀장에게서 강렬한 책임감을 느꼈다.

그 순간 나는 돈으로 살 수 없는 귀중한 선물을 받았다.

어떤 선물은 내가 받을 준비가 필요한 것도 있다.

그의 말 "자리를 지켜."가 없었다면 나는 그걸 받지 못했을 것이다.

나도 언젠가 저렇게 대신 사과할 일이 있겠지?

그렇다면 오늘 내가 받은 만큼의 정중한 태도로 고개 숙이고 싶다.


'자리를 지켜.'


나는 그의 옆자리도 성실히 지켰다.

그러기 위해선 많은 새로운 일을 해야 했다.

결혼해서 미국으로 가기 위해선 많은 서류가 필요했다.

그와 연결된 사회적 지인들과 조화롭게 어울려야 했다.

그가 초대된 파티에서 옆자리를 지키기 위해 드레스가 필요했다.

위트를 섞어서 그들과 대화할 수 있는 영어 실력도 필요했다.

그 세계에선 뛰어난 논문을 발표하는 것만큼,

파티에서 존재감을 확실하게 알리는 것도 중요했다.

나는 내게 없는 것들을 채워가느라 지쳐가고 있었다.

그래서 지나치게 서두른다는 느낌조차

모르고 있었던 것이다.

나, 잘할 수 있을까?

# 외계인의 저주

보고 싶어.

"

마지막이 시작되었다.

연말 시상식 쇼, 이것을 끝으로 방송작가 생활을 끝낸다.

그 생방송 당일엔 그에게도 중요한 동문회 파티가 있었다.

그는 그 파티에서 내가 그의 옆에 서 있어 주길 바랐다.

그러나 그날 그는 '결혼할 사람'을 소개하는 데 실패했다.

나는 일을 선택했다. 앞으로 그런 모임엔 수없이 많이 다닐 테니까.

그날 나는 3일째 밤을 새고 머리를 못 감은 채로

겨우 두 다리로 직립보행하고 있었다.

입안이 헐어서 말을 못했다.

편도선은 띵띵 부어서 침을 겨우 삼켰다.

후배들이 알보칠과 가그린을 사다 나른다.

내 모습이 마치 전쟁 속의 난민 같다.

나 혼자만이 아니라 우리 모두가 그랬다.


방송국 데스크에서 원하는 건 시시각각 바뀌었고 시간은 촉박했다.

쇼에만 집중할 수 없었다.

쇼는 물론 화려해야 했고 그 뒤엔 각종 광고 대행사와의

이해관계가 얽혀 있었다.

그렇기에 생방송에서 무엇이 정확히 어떻게 노출되어야 하는지에도

신경 써야 했다. 그 모든 일까지 책임지는 게 내 일이었다.

왜냐면 세상이 그렇게 흘러가고 있었으니까.

그 와중에도 내 욕심은 꺾이지 않았다.

마지막이니까. 다시는 못하니까.


조금 더 잘하고 싶어서, 단지 그 마음 하나 때문에

너무 많은 걸 저질렀다.

과도한 욕심들을 계속 쌓아올리자 현장은 아수라장이 되었다.

세트, 조명, 특수효과 모든 것이 계획했던 것과 다 틀어져버렸다.

콘티와 다르게 가수들의 동선, 카메라 워킹까지 줄줄이 바뀌었다.

꼭 섭외하고 싶은 가수 때문에, 그와 약속했던 조건을 다 챙겨주느라

다른 가수들에겐 피해를 줬다.


거기다가 나는 최악의 선배였다.

자신의 일 이외의 것들까지 처리해야 했던 후배들은

다시는 나와 일하기 싫을 것이다.

마지막이라는 걸 증명하기 위해,

아니 내 능력을 뛰어넘는 무언가를 확인해보고 싶어서

본능적으로 더 가혹하게 일했는지도 모르겠다.

그렇게까지 '무리'를 했던 건, 내 모든 방송 추억들을 떠나보내는
나만의 의식이었는지도 모르겠다.
대본 리딩을 하는데 코피가 났다.

나 지금 뭐 하고 있는 거지?
결혼해서 미국 갈 사람이 왜 이러고 있는 거지?
이런다고 부귀영화 누리는 거 아닌데,
이렇게까지 억척스러워서 어디다가 쓸 건데?
리딩 때만큼은 사람 꼴을 하고 커피도 마시면서
복잡한 진행을 맡겨야 하는 엠시들을 따뜻하게 챙겨주고 싶었다.
보통의 리딩 풍경처럼.

그리고 이원 생방송까지 하는 주제에
엠시를 다른 공개홀로 무대 리허설까지 보내고
이건 정말 누구를 위한 무리수인가 싶었다.
늦을 수밖에 없는 스케줄을 짜놓고
늦게 온 엠시를 미안하게 만드는 악의 축이 바로 나였다.
'마지막 축제'가 흐른다. 내 자신에게도 '마지막 축제'였다.
내가 엔딩 곡으로 하고 싶었던 그 곡, 그걸로 됐다.

그럼에도
불구하고,
직진

3시간 30분 생방송, 정신없이 쇼는 끝났다.


우리는 방송사고 기사가 도배되는지도 모른 채 뒤풀이를 했다.

망했다. 그 사고 중엔 빼도 박도 못하는 내 잘못도 있다.

그래도 끝났다.

일이 끝났다. 이제 사랑을 돌봐야 할 시간이다.

그가 뒤풀이 장소 앞으로 오기로 했다.

나는 이 모든 걸 이제 털어버리고 미래에만 집중하고 싶다.

뒤도 돌아보지 않고 이 세계를 떠날 것이다.

먹 피디와 마지막으로 소주 한잔을 부딪쳤다.
그 부딪치는 소주잔처럼, 사랑과 우정이 부딪쳐 겨루고 있었다.
우리는 함께 말도 많고 탈도 많은 '연말 시상식 쇼'라는
긴 터널을 통과했다.
내 몸에 알코올이 스며들자 오늘 아침의 일이 머릿속에 스쳤다.
새벽까지 리허설을 하고 오늘 아침엔 모두가 좀비 상태였다.
부조에서 다 죽어가는 먹 피디의 목소리가 인터컴을 타고 흘렀다.

"차 작가 어딨어?"

내 옆에 서 있던 스태프가 인터컴을 듣더니 말했다.

"내 옆에 있어."

그 말을 전하는 사람은 먹 피디의 선배였다.
먹 피디를 끔찍이 아끼는 선배들은 시키지도 않은 지원을 나와
먹 피디 옆을 지켰다.
아마도 먹 피디는 내 생사를 확인했던 거 같다.
그러곤 전 스태프와 어르신 선배들이 다 듣는 인터컴에다 대고

난데없이, 불쑥 미친 소리를 했다.

"차 작가한테 보고 싶다고 전해."

정신 나간 거지. 순간 정적이 흘렀다.
모두가 우릴 '또라이들'이라고 생각했을 것이다.

"차 작가, 너 보고 싶댄다."

그 순간 내 몸에 남아 있는 수분이 눈을 통해 빠져나오려 했다.
꾹 참았다. 그 말을 전하는 먹 피디의 선배에게
미안하지 않기 위해 잘하고 싶었다.
인터컴을 타고 흐르는 "보고 싶어."의 의미를 너무 잘 안다.
우리가 마구 질러놓은 과도한 욕심들이
생방송에서 무사히 잘 진행되기를 바랐던 그 마음.
그 순간만큼은 애탔던 마음의 깊이가 같은 사람이
지구상에서 우리 둘밖에 없었기 때문이다.
그때 나는 사람에게도 위기의 순간엔
초능력이 생겨버린다는 걸 경험했다.

잘해내고 싶다는 마음이, 우리의 마음이 같다는 걸 확인했을 때
번쩍 하고 생겨나는 초능력, 그것 때문에 우리는 그 쇼를
끝낼 수 있었다. 정말 끝이다.


"외계인의 저주인 거야."


먹 피디의 말에 내 귀가 토끼처럼 쫑긋 섰다.
명백한 대본 사고, 그것은 분명 메인 작가인 내 잘못인데도,
그는 그렇게 덮어주었다.
정말 먹 피디에게 미안해지기 싫었는데.
그러고 보니 이제야 보이는 게 있다.
그게 저주에 걸려야 눈에 보이는 거라면,
저주에 걸린 보람이 충분하다.


세상을 바쁘게 살다 보면
공기처럼 당연하게 내 옆에 있어서
그 존재 자체를 모를 때가 있다.
많은 사람이 우리의 우정이 유별나다고 말할 때도
나는 그게 무슨 말인지 몰랐다.

같이 욕심 부리고
같이 사고치고
같이 해결하고
같이 만들어나갔던 무엇.


이것은 가족이나 연인이 주는 맹목적 사랑이나 어떤 뭉클함과는
전혀 다른 감정이다.
내가 진 마음의 빚, 그 존재가 선명하게 느껴지는 순간이었다.
멱 피디와의 우정이 나에겐 사랑보다 더 소중하다고
그 소주잔이 지금 말하고 있었다.
본능적 깨달음이었다.
그래, 이 조명과 카메라와 출연자들과 모든 스태프에 둘러싸여
내가 늘 그 모든 것들과 함께했기 때문에 괜찮았던 거라고.
큐시트와 대본을 수도 없이 고쳐가는 그 순간이,
그것들이 나를 지켜주고 살게 해주었던 거라고.
그 모든 중심엔 늘 멱 피디가 있었고,
그가 내 등을 밀어주고 있는 '빽'이었다고.


술기운이 아니라 맨 정신이었어도 나는 똑같이 결정했을 것이다.

그럼 외계인의 저주 걸린 김에 풀릴 때까지 가볼까?

내가 이 모든 걸 다시 겪어야 한다고 해도 나는 같은 선택을 할 것이다.

가족, 친구, 심지어 지나가는 동네 강아지까지 반대하는

이 일을 계속할 것이다.

아무리 열심히 해도 모두에게 미안해지는

이 이상한 일을 나는 계속할 것이다.

그럼에도
불구하고,
직진

# 잡채의 기분

니가 해주는 건 무슨 맛일지 궁금해.

모든 생각이 정리되었다.

뒤풀이 장소 앞에 조용히 서 있는 그의 차에 탔다.

그는 내게 아무것도 묻지 않았다.

호텔에서 파티를 즐기다 온 그는 근사했다. 외롭고 좋은 향도 났다.


'내가 마음의 빚이 많아.

그래서 못 가, 여기서 더 할 일이 있어.'


이 말을 예의바르게 하려고 단어를 고르려는 순간,

덜컥 튀어나왔다. 이 멋대가리 없는 말이.


"나, 잡채 못해."


동시에 라디오에서 새벽 4시를 알리는 소리가 났다.

내가 지금 무슨 핑계를 대고 있는 걸까?

그는 늘 잡채가 먹고 싶다고 자주 내게 말했었다.


"어릴 때 우리 집은 단칸방에서 다 같이 살았거든.

아버지가 경찰이셨어.

어느 날 잔치 갔다가 잡채를 싸오셨는데,
어린 내가 그게 너무 맛있었었나봐.
그 자리에서 혼자 그걸 다 먹어버려서
그날 아버지한테 엄청 맞았어."


그는 잡채 만들어줄 사람을 원했던 거 같다.


"재료를 써는 각도나 크기, 그리고 그것들을
어떻게 버무리느냐에 따라 얼마나 맛이 많이 달라지는데.
니가 해주는 건 무슨 맛일지 궁금해."


그래, 잡채엔 변수가 많다.
잡채야말로 만드는 사람에 따라 엄청 맛이 달라지는 음식이라
내가 만든 잡채를 꼭 먹어보고 싶다고 했다.
잡채 만들어달라는 아무것도 아닌 그 말에
그의 기대가 버무려져 있기에 나는 그 말을 감당하기 힘들었다.


"난 잡채 사먹을 거야,
난 그날의 내 기분에 따라 잡채의 맛이 달라진다고 생각하는데?"

결국 그는 내가 '사들고 온' 잡채조차 먹어보지 못했다.

잡채마저 우리를 헤어짐을 예측하고 있었다.

나의 무모했던 '결혼을 위한 노력'이 끝났다.

우리는 그렇게 다시 자신의 제자리로 돌아갔다.

서로 다른 걸 두고 '결혼'이라고 생각하고 있었다.

우리가 맞춰나가려 했던 삶의 패턴과 범위가 애초부터 너무 다르다는 것을 이제야 받아들였다.


가끔 어쩌면, 하고 생각한다.

내가 그날 잡채 못한다고 말해서가 아니라

못 자고 못 씻은 거지 같은 내 모습을 보고

그가 도망간 게 아닐까 하고.

그렇게 내가 버텨온 세계를 자세히 보고는.

어쩜 그에겐 그게 공포영화보다 더 무서웠을 수도 있다.

숨겨진 물질 사이의 힘의 법칙은 밝힐 수 있어도,

곁에 있는 사람의 마음은 전혀 알지 못하는

그에겐 더더욱이나.

우 리 가
좋 아  했 던
것 들
/
초
속
5
센
티
미
터

누군가 좋아지기 시작하는 거, 그건 언제부터일까요? 많은 순간

이 있겠지만 제겐 그 사람의 뒷모습이 보이기 시작하는 지점 같

아요. 뒷모습을 봤다는 건 제가 뒤돌아봤다는 뜻이고 다시 보고

싶다는 의미일 테니까요. 뒤척이게 만드는 것. 나도 모르게 계속

보고 싶어지는 거 있잖아요. 몸살을 앓는 듯, 자꾸 떠오르는 후
유증 같은 거, 다들 한 번씩 경험하지 않나요?

알고 있어?
벚꽃이 떨어지는 속도,
초속 5센티미터.

어느 정도의 속도로 살아가야
너와 다시 만날 수 있는 걸까?

- 애니메이션 '초속 5센티미터' 中 -

제겐 신카이 마코토의 '초속 5센티미터'의 후유증이 너무 크게
남았어요. 분명 처음엔 아무 느낌도 없어놓고선 자꾸 생각이 났
어요. 이유 같은 거 없어요. 그냥 좋아요. 그래서 계속 보게 되었
죠. 어쿠스틱 기타로만 이루어진 OST 'One More Time, One
More Chance'를 듣고 있으면 제게 얇은 보호막이 생기는 느낌
이에요. 기운이 생겨버린다고나 할까요? 마치 캡슐이 씌워져 장
까지 살아가는 유산균처럼, 나도 그 보호막 덕분에 계속 이 세상

을 살아갈 수 있을 것 같은 느낌 말예요.

제가 물었죠.

"초속 5센티미터의 속도를 가진 게 뭔 줄 알아?"

그는 엉뚱한 대답을 했어요. 가장 정답에 가까운 게 단풍이었죠.
그걸 듣고선 그가 봄보다 가을을 좋아하는구나 하고 생각했어
요. 알고 보니 가을에 태어난 사람이었어요.
벚꽃이 내려앉는, 같은 장면을 보고도 그것을 느끼는 속도는 사
람마다 다르지 않을까요? 사람을 만나고 알아가는 것에도 개인
적인 속도가 분명 있을 거예요.

그런데 그 속도라는 게 빠르다고 해서 다 옳은 건 아닐 거고요.
자신만의 페이스가 있는 거잖아요. 조금 느려도 괜찮지 않아요?
저는 야구를 잘 모르지만 강속구보다 너클볼이 더 근사한 거라
면서요? 너클볼은 천천히 던지지만 방향을 전혀 알 수 없는 건
데, 그건 강속구보다 더 강력한 힘을 가진 거라 들었어요.

얼마나 빠른가보다 자신의 속도를 아는 게 더 중요하다고 생각

해요.

그걸 잘 모를 때는 잠시 멈추는 유연함까지도요.

자신이 가장 잘할 수 있는 속도가 있잖아요.


당신은 지금 어떤 속도로 가고 있나요?

자신만의 그 순수한 속도를

끝까지 지켜나갔으면 좋겠어요.

# Part 4

아주    잠깐,
슬픔이  밀어닥치는  속도

내 머리부터 발끝까지 온몸이 파랗게 질렸다.

우리의 관계는 희미했고

서로가 그리는 관계는 분명 다른 것이었다.

그것만큼이나 화의 정체, 그 흐름과 맥락은

도저히 파악되지 않았다.

어쩌면 여기까지는

그동안 내가 겪었던 어떤 패턴이다.

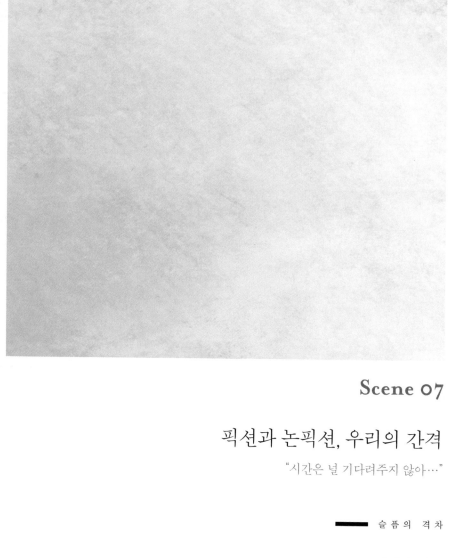

# Scene 07

## 픽션과 논픽션, 우리의 간격

"시간은 널 기다려주지 않아…"

# 슬픔의 격차

신춘문예?
너 그거 안 해도 잘 먹고 잘 살아.

이 모든 것은 그의 전화 한 통에서 시작되었다.

그는 피자를 먹으며 운전을 했고, 나와 통화까지 하려 했다.

늘 그렇게 무언가를 동시에 해치우는 사람이었다.

그는 팩트를 다루는 기자이면서

신춘문예로 등단한 시인이기도 했다.

나는 리얼을 담아내는 예능 작가이면서

환상을 그려내는 드라마 작가이기도 했다.


"끊어, 다 먹고 통화해요."

"스피커폰이니까 괜찮아, 내 차 좋은 차야."


좋은 차라고 말할 때 그의 목소리엔 분명 작은 흥분이 실려 있었다.

'마감 끝나고 이제 시를 쓸 수 있어 좋아.'

이렇게 말했을 때의 그 설렘만큼의 흥분.

좋은 차, 기자에게 있어 그건 독일 차라는 뜻인데,

왠지 문학을 하는 그에게 '좋은 차'는 다른 의미일 것만 같았다.

나는 그 표현의 의미를 분명히 해두고 싶었지만 물어보지 못했다.

물어볼 게 너무 많아서였다.

"근데 왜 반말하세요?"

서로의 나이도 모르면서
우리가 처음으로 통화했던, 그날 밤은 유난히 더웠다.

"아, 존댓말하면 몸에 체온이 올라간대요,
몸이 따뜻해진대요,
그래서 몸이 뜨거운 사람은 반말 많이 하라고 했어."

충분한 행복에 겨워 있는 사람의 목소리였다.
특별한 재능을 어떻게 써야 하는지도 아는 사람 같았다.
자신의 감정을 마구 섞어 주관적으로 기사를 써댔고
뜨거운 지지와 비난을 동시에 받았다.
그런 거침없는 악플에 상처는 받았지만 절대로 구겨지지 않는 그였다.
그는 그 모든 것을 만끽하고 있었음이 분명하다.

그의 행복이 더 완벽해 보였던 건,
'하고 싶은 것'과 '해야 하는 것'이 같았기 때문이다.
그는 축구에 미쳐 있었는데, 자신이 열광하는 축구선수를

직접 인터뷰하고 우리나라에 처음 들어오는 축구화를
가장 먼저 신어보며 프리뷰 하는 기회도 가졌다.
분명, 어떤 행운이 그의 일상을 감싸고 있었는데
그에겐 그것마저 너무 당연해보였다.


그러면서도 온전히 자신만의 세계를 보여줄 수 있는 글도 쓰는 사람.
기사들은 재빨리 소비되어 사라지지만
그는 영원히 기록될 수 있는 문학을 하는 사람이기도 했다.
그런 그는 내가 살고 싶었던 인생을 지금 살고 있다.
그는 내가 동경하는 신춘문예의 타이틀을 가지고 있었고
그것이 얼마나 반짝거리는 것인지 모르는 것 같았다.


"신춘문예? 그런 걸 왜 해?
너 그거 안 해도 잘 먹고 잘살아."


나의 진지한 고민에 그는 전력을 다해 비웃었다.
요즘 같은 세상에, 시집에 빠져 있는 예능 작가가 있다니
어째 믿기지 않는다는 말투였다.
시는 나에게 아무짝에도 쓸모없으니 애쓰지 말라는 뜻 같았다.

그는 나를 상대해주지 않았다.

그건, 우리가 가진 슬픔의 격차 때문인 것 같았다.


그는 온몸을 휘감고 있는 근육과 어울리지 않게

고독한 슬픔을 껴안고 있었다.

때로는 그 슬픔이 엄청 근사한 것이고

아무나 가질 수 없는 것이라고 내게 과시하는 것만 같았다.

그를 지배하는 깊은 슬픔이 '무엇'인지는 알았지만

'어떻게' 생긴 건지는 알 수 없었다.

왠지 슬픔마저도 그의 것이라면 예쁠 것만 같았다.

때론 그 슬픔이 그에게서 도망가버렸으면 좋겠다고 생각했다.

그 상처에 나도 아팠으니까.


언젠가 책에서 본 적이 있다.

모든 시인들은 사슴 눈을 가지고 태어난다고 했다.

그러고 보니 안경 너머 그의 눈은 분명

그렁그렁 물기를 머금은 사슴 눈이었다.

슬픔을 기꺼이 품은 사슴 눈.

'시인'이라는 단어가 '죄인'처럼 느껴질 만큼 슬픈 눈.

도대체 얼마만큼의 슬픔을 더 가져야 그와 동등해지는 걸까?

나도 사슴 눈이 갖고 싶어.

슬픔 이리와, 다 덤벼.

# 언어의 간격

"갑자기 웬 시? 언제부터야?"

갑자기가 아니다.
아마도 기형도 시집을 선물받고 난 직후인 것 같다.
그도 기자이면서 시인이었는데 뭐가 그리 급했는지
서둘러 하늘로 떠나버렸다.
생각해보니 고등학교 때 덜렁 시집을 낸 적이 있다.
그때 내가 쓴 건, 시가 아니라 시 흉내였다.

제목이 《소중한 당신께 나의 이야기를 시작하렵니다》였는데,
그때 나에겐 소중한 당신도 없었고 시작할 이야기도 없었다.
우연히 공모전에 시를 냈고 운 좋게도 그걸 책으로 내겠다는
출판사가 있었다.
돈을 준다는 말에 그 당시 아빠는 그런 사기꾼들
상대도 하지 말라 했지만, 얼마 후 거짓말처럼
정말 시집이 나와버렸다.

그러니 나는 갑자기가 아니다.
오래전부터라고 굳이 해명할 필요도 없었지만 왠지 억울했다.

이런 시시콜콜한 증거들을 떠벌리며 증명할 수도 있겠다 싶었다.

그런데 순간 불길한 예감이 스쳤다.

설명하려 들면 안 된다고.

이 밤늦은 통화가 우리를 어디로 이끌건 간에

거리감이 필요하다고 생각했다.

안전하고 쾌적한 관계.

그냥 멀리 있어도 좋으니까 오래도록 서로를

지켜볼 수 있도록.


많은 시선을 받고 있는 사람과 가까워지는 일은 두렵다.

그를 갖는다는 건 동시에 그를 잃는 일이니까.

가져본 적이 없으면 잃을 일도 없다.

무엇인가를 잃는 것에 대한 막연한 공포가 있다.

그래서 나는 합리적인 감정을 좋아한다.

그러기 위해 좋아하는 것이 생기면 항상 구경하는 기분으로 본다.

풀 샷에서 볼 때 완벽한 것도 가까이서 보면 그렇지 않기 때문이다.

나는 그런 경험을 이미 충분히 해왔다.

그럼에도 불구하고 내가 지금 보고 있는 풍경은

풀 샷에서 클로즈 업 샷으로 자연스럽게 점점 줌인되고 있었다.

"그럼 좋아하는 시인 3명만 대봐."

나는 즉흥적으로 떠오르는 3명을 말했고
뜻밖에도 그 3명의 흐름, 그건 상당히 일리 있는 것이라 했다.
그들이 하나로 연결되는 이유를 그는 잔잔하게 짚어나갔다.
전혀 상관없는 세 사람을 연결시키는 그의 솜씨는 놀라웠다.
더 놀라운 건 그 정성스러운 설명을
내가 알아듣지 못한다는 사실이었다.
그가 이해시키려는 말들이 내겐 너무 어려웠다.

"근데, 내 시 중에 뭐가 제일 좋아?"
"손끝으로 시작하는 제목."

그가 아끼는 시와 내가 좋아하는 시가 일치했다.

"아, 그건 내 시 중에서 가장 내 시 같지 않은 거잖아.
내 시는 언어와 언어의 간격이 넓어서 이해하기 어려워."

나는 그가 설명하고 있는 그 간격을 전혀 알지 못한다.
신춘문예가 꿈이라고 말하고 다니는 주제에.
어쩌면 내게 시라는 건 그저 '편리한 것'일 수도 있다.
나는 그냥 시가 주는 경제성이 좋다.
소설은 많은 시간을 투자해 읽어야 하지만
시는 아주 잠깐 보아도 오래도록 남는, 깊은 울림이 좋았다.
남자 때문에 울고불고하는 친구에게 시집을 선물하는 것도 좋았고,
나 역시 연애에 해롱해롱거릴 때, 시집에 얼굴을 처박고 다녔다.
이런 나라도 괜찮은 건지, 이토록 가벼운 내가,
시의 내밀한 속살거림을 듣고 있어도 되는 것인지,
진지하게 말하고 있는 그에게 미안했다.

"언어에 집중하는 시를 쓸 것인지,

서사 구조나 감상에 집중하는 시를 쓸 것인지 그게 딜레마야."

"왜? 그냥 쓰고 싶은 대로 쓰면 되잖아."

"사람들은 서사 구조, 스토리가 있는 그런 시를 더 좋아하거든."


언제쯤 나는, 내 시를 갖게 될까?

언제쯤이면 그와 같은 고민을 하게 될까?

그때 나는 예감했다.

앞으로 그는 사람들이 더 좋아하는 시를 쓸 거라는 것을.

# 설명이 필요한 밤

"
모든 걸 그렇게 요약 정리하지 않으면 안 돼?
"

"미안, 막내라 그래."

그는 무슨 말을 뱉어놓곤 수습이 안 되면,
늘 막내라는 단어를 꺼내든다.

"나 궁금해, 얘기해죠."
말투에 어리광도 발라버린다. 그 맛은 새콤달콤하다.
그러곤 저 특유의 발랄함에서 곧장 다른 세계로 점프해버린다.
대단한 기술이다.
도저히 화를 낼 수 없을 듯한 순간에도 화가 나 있다.

내가 예민했어, 미안.

내가 감당할 수 없는 예민함이다.
그의 예민함을 도저히 따라잡을 수 없다.
무덤덤한 내가 상처를 준다고 했다. 나는 그런 걸 준 적이 없다.
그 앞에선 끝도 없이 무딘 사람이 되어버린다.
아니 그가 그렇게 만들어버린다.
덜 예민한 내가 힘든 것도 마찬가지인데.

아주 잠깐.
슬픔이 밀어닥치는
속도

지금 생각해보면 그가 그렇게 예민함을 휘둘렀던 건
내게 어떤 도움이 되고 싶어서였던 것 같다.


"지금 쓴 시를 누가 보거나 한 적이 있어?"


한 줄도 못 썼다.


"시를 공부하고 있는 거야?
앉아서 매일 쓰고 있는 거야?
지금 어떤 상태야?"


나약한 상태라고 말 못 했다.
예전에도 그랬고, 지금도 그렇고,
앞으로도 계속 그럴 거 같아서.


"시를 좋아하고 있어."


분명 '좋아지고' 있었다.

"시가 좋아? 그럼, 열심히 해!

정말 시를 써! 시간은 널 기다려주지 않아."


저 말의 옅은 온기를 오롯이 간직하고 싶었다.

그가 지금 나에게 심어주고 있는 저 감각을 잃고 싶지 않았다.

좋아서, 정말, 열심히 쓴다는 말을 행동 그대로 옮기고 싶었다.

그에게는 시가 쉬운 건 줄 알았다.

내가 좋아하는 그의 시는 여권 사진 찾으러 가는 길에 쓴 거라 했다.

레이먼드 카버가 파티와 파티 사이에서 단편 소설을 써냈듯

그도 그냥 길 위에서도 시를 써내는 줄 알았다.

재능 있는 사람은 노력 같은 거 안 하는 줄 알았다.

그도 앉아서 쓰고 있었다. 숲이 울창한 강원도 같은 곳에 처박혀서.

나에게 말한 그대로.

시가 좋아서, 정말, 열심히, 기다려주지 않는 시간에 등 돌린 채.


그런데 내가 시를 쓰고 있기엔 내 코앞의 일들이

날 기다려주지 않았다. 나는 그때 픽션과 논픽션이 결합된

어려운 포맷의 파일럿 프로그램을 준비하고 있었다.

많은 곳에서 시도했으나 모두 실패를 했던 그것에 나는 도전했다.

많은 선배가 걱정했다. 그거 안 될 거라고….

나만 잘하면 되는 그 순간이 나를 가장 외롭게 만든다.

그때 이상한 믿음이 생겨나 점점 부풀어올랐다.

그가 기사를 마감하고 시를 써왔던 것처럼

그냥 나도 가능하다고 내 마음이 우기고 있었다.


"내일 테스트 촬영 잘될 거야."


그의 말 한마디의 파장이 온 우주를 움직여 잘 되게 만들 것 같았다.

나는 그에게 온 마음을 기대고 있었다.

내 초조함을 이겨낸 그의 말이 맞았다는 걸 보여주고 싶었다.

그런데 결과는 엉망진창이었다. 해볼 만큼 해보지도 않았으면서

나는 다른 것에 압도적으로 정신이 나가 있었다.

우리는 서로에게 던져야 할 질문이 많았고

끊임없이 의외의 모습을 발견했다.

그러다 모호함이 충돌하기도 했다.


"나도 그렇게 생각했어."

"그렇게? 그렇게가 뭔데, 어떻게?"

내 머리부터 발끝까지 온몸이 파랗게 질렸다.

우리의 관계는 희미했고 서로가 그리는 관계는 분명 다른 것이었다.

그것만큼이나 화의 정체, 그 흐름과 맥락은 도저히 파악되지 않았다.

어쩌면 여기까지는 그동안 내가 겪었던 어떤 패턴이다.

누군가와 멀어지기 시작한 분명한 시점.

늘 여기서 막혔고, 망설였고… 결국 포기해왔다.

그 다음은 어떻게 해야 하는 건지 아무도 가르쳐준 사람은 없었다.

그런데 그가 방금 만들어낸 말의 여백이 지금 내게 가르쳐주고 있다.

모든 게 흐르고 있는데 우리 둘만 멈춰진 느낌이다.

아주 잠깐,
슬픔이 밀어닥치는
속도

말하지 않으면,

영원히 그 마음은 그냥 묻혀버리는 거라고.

그런 마음이 있었다는 것조차

아무도 기억할 수 없는 거라고.


그래서 대놓고 물어봤다.


"나는 니가, 어느 포인트에서 화가 났는지 알고 싶어."


그가 차근차근 설명한다.

저렇게 자신의 마음을 '말로 설명할 수 있는 사람'은 얼마나 편할까?


"나도 방금 니가 말한 것처럼, 그렇게 그대로 말하고 싶었어.

그런데 난 그게 안 되는 사람이야.

생각하고 있는 그대로가 말로 나오지 않아."


그는 봄 여름 가을 겨울 그 사이에 숨어 있는 수많은 계절,

그 쪼개진 틈에도 이름을 붙일 수 있는 사람이었다.

많은 단어를 가지고 있어서 더 많은 것들을

생각하고 표현할 수 있는 사람, 바로 그였다.


"우리가 그렇게 간단하지 않은데,
모든 걸 그렇게 요약 정리하지 않으면 안 돼?
우리가 했던 말들이 굉장히 간단하게 묘사되는 거,
이런 부분이 힘들어, 난."


그는 더 많은 단어를 소구하기 위해 나에게 시비를 거는 사람 같았다.
마치 오늘 일정량의 단어를 쓰지 않으면 입에 가시라도 돋을 것처럼.
근데 내가 책에서 본 건, 분명 여자는 2만 단어를 써야 행복하고
남자는 7천 단어를 써도 행복하다고 했는데, 어떻게 된 거지?
"무슨 말 때문에 내가 이러는지 모르겠다고?"
"…."
"나 이거 설명받아야 한다고 생각해."


설명이 필요한 밤이었다.


"미안해하지 마, 그럴 정도로 난 너에게 중요한 사람이 아니잖아."

아니, 중요한 사람이 되어가고 있었다.

그의 말들에 내 일상이 잠겨버리고야 말았다.

우리는 함께 술을 마시거나 밥을 먹어보지도 못했다.

차 한 잔도 못 마셔본 우리가 문자와 전화로 매일 싸웠던 건

그저 관계에 대한 실험을 하고 싶었던 거 같다.

슬픔, 공포, 재미 모든 게 공존하는 기묘한 실험.

실험 제목은 '우리가 왜 싸우고 있는 걸까?'


"아… 또라이… 정말 지랄이야… 진짜 이런 게 어서 튀어나왔어?

그러면 있잖아, 대화할 때 상대방 이야기를 좀 많이 들어줘.

지 말만 존나 하구."


그의 입에서 또라이, 지랄 이런 일회용 말들이 튀어나오기도 했다.

그런 말들도 그를 거치면 새롭게 태어났다.

말에서 쫄깃한 탄력감 같은 게 느껴졌다.


"누군가와 만나고 헤어지는 건 선택할 수 없는 거야."


이게 무슨 말이지?

그의 시가 어려운 만큼 그의 말들도 그러했다.

난 이제껏 만나고 헤어짐, 그걸 선택하며 살아왔는데

선택할 수 없다는 건 도대체 무슨 말이지? 내가 이상한거야?

지금 서로 다른 걸 두고 '선택'이라고 말하고 있는 거야?

그와 나 사이에,

시집 123권만큼의 거리감 같은 것이 느껴졌다.

# 모든 게
# 반짝이고 있어서

우리는 또 싸우고 한참을 말없이 지냈다.

하필 그는 전화기를 잃어버렸고 나는 사과할 타이밍을 놓쳤다.

오랫동안 공들인 큰 쇼를 앞두고 나는 리허설을 하고 있다.

정신줄을 바짝 조였다. 잘해내야 하기 때문에.

싸우느라 일을 망쳤다고 내 마음이 핑계대고 있었기 때문에.

사실 일은 힘들지 않았다.

다만 정말 날 미치게 하는 건 오늘을 넘기면 안 된다는 생각이었다.

사과에도 유효 기간이 있다. 그 안에 하지 않으면 그냥 먼지가 되는 거다.

그동안 방치해두었던 사과를 이 바쁜 틈에 해치워버리려 했다.

그렇지 않으면 가슴에 평생 찝찝함을 두고 살아야 할 것 같았다.

이번만큼은 스스로 해결하지 않으면 정말 안 될 것 같았다.

그에게 전화를 걸었다.


"얼굴 좀 보여줘."

"그게 다야? 할 말이?

우리가 이런저런 하고 있던 얘기들이 있었잖아.

그게 정리가 안 됐는데, 너무 갑작스럽지 않아?

넌 지금도 니가 하고 싶은 말만 해."

쨍쨍한 하늘이 갑자기 소나기를 퍼붓는다.

하늘이 정신 나갔나 보다.

그래 다들 울고 싶을 때가 있는 거다.

잠시 후, 내가 저럴 거 같다.

내 손목이 갑자기 서늘해졌다. 툭 하고 무언가가 바닥으로 떨어진다.

소름끼치게 불길했다.

오늘 그가 지방에 취재하러 내려간다고 했는데,

지금이 아니면 영영 사과할 수 없을 것만 같았다.


손목시계가 이유 없이 풀려서 땅으로 떨어졌어.


내 뺨이 얼얼해졌다.


나 죽나보다, 차 전복돼서.


그는 분명 그 문자를 빠르게 적었을 것이다. 아프니까.

물리적으로 만날 수 없는 거리를 두고

우리 사이에 차가운 바람이 통과했다.

평생 안 보고 살면 되잖아, 그럼 오해 안 풀어도 되잖아.

감히 누가 우리의 끝을 정할 수 있을까?

그거 우리가 정할 수 있는 걸까?

만나고 헤어지는 건 선택할 수 없다고 말해놓고는,

문자로 사람을 또 때려눕히는 그.

아, 가슴이 먹먹해서 아무것도 할 수가 없다.

그런데 절대로 올 수 없는 상황의 그가 내 눈앞에 나타났다.

얼마나 큰 양보였는지 나는 안다.

내 몸이 꿈과 현실의 사이에 툭 하고 떨어진 것 같았다.

왜냐하면 그의 전부가,

얼굴이, 스냅백이, 어깨가, 두 손이, 운동화가

모든 게 빛나고 있었기 때문이다.

그리고 안경을 쓰지 않은 맨 얼굴의 그 사슴 눈까지도

차갑게 빛나고 있었다.


나는 리허설 도중에 잠깐 나왔고,

우리에게 정확히 '100초'의 시간이 주어졌다.

그 안에 나는 예의바르게 사과를 마쳐야 한다.

아주 잠깐,
슬픔이 밀어닥치는
속도

그 순간 나는 무언가를 정면으로 맞닥트리고 있었다.

바로 내 앞에 사슴 눈이 있는데 거리감이 느껴졌다.

그는 내게 '두려움'이었던 것이다.

그 두려움 앞에선 마음속으로 수없이 해왔던

다짐이나 연습이 의미를 잃는다.

나조차도 이해할 수 없는 감정이 내 몸에서 만들어지고 있는

순간이었다.


"넌 날 이상하게 보잖아."


이상하게 봤다.

절대 상처받지 않겠다는 내 의지가 곁들어진 넘겨짚기였다.

그를 보는 시선 속에 진짜 '그'라는 존재는 없고

내가 만들어낸 형상만 있을 뿐이었다.

그의 세계를 스쳐본 사람이라면 모두가 느꼈을 불안함이었을 것이다.

그가 말했다.


"너에게 나는, 존중받지 못한다는 느낌이 들어."

그 말이 마치 '넌 나를 못 알아봤어.'로 들렸다.

내 두려움이 그의 마지막 말을 쓸어가버렸다.

사과를 하려고 사람을 불러놓고, 나는 아무 말도 꺼내지 못했다.

망했다. 이게 아닌데, 이러려고 했던 게 아닌데.

나는 지금 가야만 한다. 더 이상 시간이 없다.

그렇게 나는 '우리'를 놓쳐버렸다.


서로가 영원히 말없이 지낼 수도 있다.

그의 말대로 평생 안 보고 살 수도 있다.

싸움의 끝이 시작되었다.

그가 내 여름을 통째로 훔쳐갔다.

나는 모든 걸 일에 파묻으려 했다.

그런데 일조차 나를 받아주지 않았다.

싸움을 관두니 그를 통해 생겨난 이상한 믿음도

우주에서 사라져버렸다.

아무리 노력해도 픽션과 논픽션은 붙지 않았다.

마치 놀이터에서 두 팀의 얼음땡이 동시에 벌어지는 느낌.

혼란스러웠다. 나는 끝내 해결하지 못했다.

싸움, 일. 모든 걸 관두고 대만으로 도망쳐버렸다.

# 우리의 첫 시퀀스

"
우리 어디서 봤죠?
"

새로운 생각만 하려고 새로운 것만 먹었다.

밀전병 위에 올려진 땅콩엿 그리고 아이스크림 두 스쿱.

거기에 스페셜 게스트, 고수가 들어간다.

꼭짓점을 향해 돌돌 말아서 완성되는 땅콩 아이스크림.

각각의 맛을 분명 아는데, 그것이 합쳐졌을 때

다시 생겨나는 맛은 처음이었다.

새로운 조합, 그게 바로 '우리' 같았다.

마치 미래의 우리가 지금의 우리에게 보내는 텔레파시 같았다.

취두부 냄새가 진동하는 시끌벅적한 야시장 한가운데서 생각했다.

그는 도대체, 어떻게 매일 기사를 쓰고 시를 써왔던 걸까?

내가 끝내 해결하지 못한 픽션과 논픽션의 연결,

그걸 어떻게 연결하며 살아온 걸까?


시간을 쏟은 어떤 것의 결과가

선명하게 드러나지 않은,

그런 날들을 그는 어떻게 견뎌온 걸까?

그는 분명, 자신의 세계를 믿고 끝까지 밀고 나가본 사람이었다.

그건 그 누구도 가질 수 없는 '멋 부리지 않는 근사함'이다.

'센과 치히로의 행방불명'의 배경이 된 지우펀에서

차를 마시면서 그의 시집을 다시 읽었다.

여전히 그의 시가 어려웠다.

아직도 모르겠다.

그때 뭔가 뜨거운 입김이 내 목덜미를 스쳤다.

거기엔 마침표가 없었다.


베이터우 도서관에 가서 몰래 그의 시집을 꽂아두고 왔다.

왠지 그렇게라도 애를 써보면 나를 따라다니는

그의 생각을 버릴 수 있을 거 같았다.

하지만 그의 말들이 자꾸 나를 따라다닌다.


너도 아쉬워? 아쉽지 않다는 니 말, 서운하다.

뭐든 상관없어, 마음만은 아쉬웠으면 했어.


'아쉽다.'는 말의 의미를 이제는 조금 알 것 같은데,

그땐 그 말이 내게 너무 거창했다.

그래서 아니라고 했다.

모든 사람이 자기 자신을 속여가며 살아간다.

그 후회는 계속 자신을 따라다닌다.

깨끗한 마음을 꺼내지 못한 잘못,

그 처벌은 자기 자신이 스스로 받는 거다.

누가 뭐라든 내가 괴로운 거니까.

숨기려고 애쓴 흔적들에 자신이 파묻히는 거니까.


캄캄한 밤이다.

그날 밤엔 타이페이 예술대학 안에 있는 트랙을 걸었다.

지대가 높아서 걷고 있으면 내 발밑에 도시의 불빛들이 반짝거렸다.

걸음을 내딛을 때마다 별처럼 반짝거리는 무언가들도

나랑 같이 굴러서 따라다녔다.

마치 그것이 밤하늘에 수놓인 한 줄의 시처럼 보였다.

역시 거기에도 마침표는 없었다.

나도 모르게 문자를 보냈다.


근데, 시에는 왜 마침표가 없어?


긴 침묵을 깬 답장이 왔다.


마침표도 언어니까.

분명, 그만이 할 수 있는 답이다.

거기에 담긴 미세한 호흡을 제대로 느껴보고 싶어서

소리 내어 다시 읽어보았다.

'마침표도 언어….'


'언어'라는 말이 주는 울림.

순간 내 머릿속에 많은 언어들이 스쳐 지나갔다.

그가 내게 처음 말을 걸었을 때 턱의 각도,

안경 너머 살짝 풀려 있는 눈빛,

말과 말 사이의 간격,

아주 잠깐의 경쾌한 숨결,

그런 것들이 모두 내게 말하고 있었다.

전혀 알아듣지 못했다. 그 언어들을 그땐 몰랐으니까.

그런 게 존재한다는 것조차 몰랐던 세계니까.

그를 만나지 못했다면 난 끝끝내 몰랐을 것이다.

그해 여름, 나는 그걸 알기 위해

그렇게 그와 독보적인 싸움을 했던 것이다.


처음 느낌을 소중히 여긴다.

"우리 어디서 봤죠?"

그의 말이 공기에 흩어지는 순간

분명, 무언가 거대한 것에 안기는 느낌이었다.

내가 그에게 배우려 했던 건 '글솜씨'였는데

그가 가르쳐준 건 '태도'다.

'세상엔 많은 언어가 있어, 그러니 잘 들어야 해.'

그걸 알려주고 싶어서,

그 말을 하면서 우리의 첫 시퀀스를 시작했던 거다.

# Scene 08

## 건축보다 마음의 집을 짓고 싶어 했던

"그 풍경, 이상하게 나를 응원하고 있는 것 같아."

# 의리가 빛나는 패턴

여자라면 누구나 한 번쯤은 인생에서 정말로 예쁜 여자가

되는 시기가 있다. 본격적으로 치열하게.

리모델링으로 건물이 새로 태어나듯,

머리부터 발끝까지 가꾸고 꾸미고 온전히 그것에만 신경 쓰는 시절.

그것은 어떤 잔소리를 듣거나 흔한 광고에 낚시당해서가 아닌

한 남자의 등장으로 이루어지는 것이다.

가져도 그만 못 가져도 그만인 게 아니었다.

이번만은 꼭 내 것으로 만들고 싶은 비장함,

다시는 이렇게까지 내가 좋아하는 남자를

못 만날 거 같은 불안감이 커질 때

예뻐져야겠다는 본능의 힘은 스스로 커진다.

그가 내 앞에 나타나자 나는 매일 하이힐을 신고

메이크업을 바꾸고 원피스를 입었다.

나도 모르는 내 미모의 한계를 뛰어넘어보겠다는

의지가 솟구쳐올랐다.

단지 그에게 어울리는 여자가 되고 싶어서.


그 당시 방송국은 끝을 알 수 없는 긴 파업을 시작했고

비정규직 노동자인 나는 백수였다.

백수에게 예뻐져야 한다는 과제는 가혹했다.

왜 하필 지금이야? 타이밍 따위 탓할 시간이 없다.

밀당 같은 비겁한 연애 기술도 필요 없다.

그런 걸 했다가 망하는 것보다 안 했음에도 망했을 때,

떳떳이 결과를 받아들일 수 있기 때문이다.

그냥 나를 알아봐주었으면 하는 그 마음이 컸었기에

그걸 온전히 외모 업그레이드에 쏟아부었다.

그게 가장 빠른 길이라 생각했으니까.


우리의 데이트엔 늘 패턴이 있었다.

기사 식당에서 돈가스나 껍데기 같은 걸 먹고

그 후엔 작은 펍에서 가볍게 맥주를 마시고

마지막엔 그 앞 놀이터에서 그네를 타고 헤어지는 것.

사실 그게 전부였다. 내겐 그걸로 충분했다.

그는 늘 공사 현장에 있어야 했고

우린 아직 충분히 친해지지 못했으니까.

그의 손에는 언제나 건축 잡지가 들려 있었다.

건축 일을 하지만 사실 그의 일에 전혀 도움이 되지 않는 거라 했다.

그는 요즘 같은 시대에 보기 힘든 좋은 시력을 가졌다.

그런데도 뿔테 안경을 쓰고 다녔다.

현장에서 선글라스를 쓸 수 없어 맞춘 자외선 차단용이었다.

그의 뿔테 안경을 벗겨 내 얼굴에 썼을 때 그 느낌을 나는 좋아했다.


"너한테 더 잘 어울리네."


그걸 쓰고 그와 맥주를 마시는 동안은

하루 종일 같이 있었던 느낌이었다.

왠지 그가 오늘 어떤 하루를 보냈는지 머릿속에 상상되었다.

그의 소탈함은 옷에도 묻어났다.

늘 청바지를, 그 위엔 브라운 셔츠를 입었다.

그의 옷은 늘 블루와 브라운 컬러로 이루어져 있었다.

하늘과 땅의 조화를 자연스럽게 매치한 거라는

그만의 패션 철학이었다.


건축은 무언가를 쌓아 올리는 일인데

그는 관계를 쌓아 올리는 것에는 늘 실패했다.

어떤 사람과도 100일을 넘기지 못했다고 했다.

대단한 연애를 해왔던 것도 아닌데

번번이 왜 그러는지 모르겠다고 했다.


"내가 만나온 여자들의 공통점은
하나같이 '의리'가 있었다는 거야.
남녀 사이에 가장 중요한 건 '의리'거든."


지나간 연인들을 칭찬하는 그가 좋았다.
저런 말을 할 줄 아는 남자라면,
언제나 짧게 만나고 헤어져온 연애 역사는 전혀
문제가 되지 않는다.
씨앗처럼 작았던 마음이 부풀어 오르는 순간이었다.
멋지게 헤어질 줄 아는 남자라 생각했다.
예의바르게 보내주는 태도가 믿음직스러웠다.


내 생일날 밤이었다.
그 시절 작가들은 긴 파업으로 인해 지쳐 있었고
미래를 알 수 없는 무의미한 싸움 중이었다.
작가 친구들과 의무적인 내 생일 파티를 하고 있는데
출장 간 그에게서 전화가 왔다.

"나 지금 바로 앞이야, 나와."


여자들에겐
내 친구들 앞에서 내 남자가 어떤 모습일지에 대한
살짝 높은 기대감이 있다.
그의 갑작스런 등장이 반가웠지만 분명 무례했다.
내가 알고 있는 그라면 안으로 들어와
정중히 인사를 건네고 자기를 소개했을 터였다.
그런데 다른 사람 같았다.
거기서 나는 큰 실수를 하고야 만다.
그냥 그에게 이끌려 그 자리를 떠난 것이다.
그건 '잘못인지 충분히 알면서도 저지르는 잘못'이었다.
친구와의 의리보다 그와의 의리가 더 탄탄해지기를
바보같이 바라고 있었던 것이다.
항상 그랬듯이 우리가 자주 가던 펍에서 맥주 한잔을 하고
놀이터 앞에 세워놓은 차에 탔다.
그냥 그날은 그네 탈 기분이 아니었다.


"대리 아저씨 불러야지."

"너 갈 데 있어."

그가 운전석 옆에 있는 서랍에서 작은 리모컨을 꺼내 버튼을 누른다.

놀이터의 대각선에 있던 은빛 차고의 셔터가 올라간다.

나와는 전혀 상관없을 것만 같던 세계가 열리고 있다.

그것은 내가 모르고 있던 '그의 세계'였다.

셔터가 위로 올라가는 순간,

나는 땅으로 꺼지는 듯한 이상한 느낌을 받았다.

최고의 순간이자 최악의 순간이었다.

"내려, 우리 집이야."
"여기가 집이라고?"

그럼 여태껏 집 앞에서 우리가 그러고 있었던 거라니.

이런 것도 배신이라고 표현해야 할까?

눈앞에 있는 그의 집 크기에 압도당해 나는 한 발 물러서 보았다.

마치 이 반전의 장면을 위해서 치밀하게 준비해온 사람 같았다.

그는 대단한 부자였고 그것을 과시하지 않는 법도

알고 있는 사람이었다.

돈 때문에 망쳐본 적 없는 연애였다.

내가 좋아하는 그가 나를 좋아한다니, 뭔가 이상했다.

그럴 리가 없는데, 이렇게 쉬울 리가 없는데.

쉽게 버는 돈에는 악마가 따라다닌다던데

쉽게 되는 연애도 분명 그렇겠지?

연애가 시작되었는데도 벌써 끝나버린 거 같은 이상한 기분.

진짜 연인이라면 그날의 기분 하나로 이별할 수 없는 건데,

늘 마음 한 켠에 그런 생각이 들었다.

계속되는 파업으로 샤넬백을 팔아버릴까 하는 생각을 한다는 걸

그가 알면 그 고민이 얼마나 하찮게 느껴질까?

그의 부가 그의 잘못이 아닌데 왜 나에겐 폭력처럼 느껴지는 걸까?

내가 이런 생각을 하는 동안 그는 내 손을 잡고

차고와 연결된 집 안으로 걸어 들어갔다.

아주 잠깐,
슬픔이 밀어닥치는
속도

# 멈춰진 방

"
엄마 방 화장실 써.
"

"괜찮아, 들어와. 엄마 여행 가셨어."


관리하기 까다로워 보이는 차콜 그레이색 카펫이 한눈에 들어왔다.

결이 훤히 드러난 짙은 밤색 나무 바닥이 나타나고

그 위엔 솔리드 블랙의 소파가 자리를 차지하고

그 양옆으론 웅장한 풍경 그림이 아슬아슬하게 걸려 있다.

집 안이 어둡다. 그는 그 어둠에 제법 익숙해 보였다.

장식장엔 오래전부터 손대지 않았을 법한 크리스털 조각품과 유리잔,

그리고 괴기스러운 은 촛대, 멈춰진 시계추가 있다.

그 시계추처럼 이 집의 모든 것들이 멈춰 있는 것만 같았다.

축 가라앉은 건조한 공기, 그 밑엔 뭐가 출렁이고 있는 거지?

오랜 침묵을 지키는 집, 이 고요의 이유는

누군가를 기다리는 집이었기 때문이다.


그의 방 창문 너머로 우리의 공원이 보였다.

수런거리는 나무들, 그 풍경은 이상하게도

나를 응원하고 있는 것 같았다.

의외로 좁은 침대와 아무렇게나 널브러져 있는

책들이 왠지 모를 안도감을 주었다.

그리고 반가웠던 건 그의 방 책꽂이와 내 방 책꽂이가
너무도 닮아 있다는 점이었다.
좋아하는 책들이 비슷했고 맘에 쏙 드는 책은 밑줄 그어가며
너덜너덜해질 때까지 여러 번 다시 읽는 것까지도 비슷했다.


방 한 켠엔 탱크, 항공모함, 전투기의 모형이 잔뜩 있었다.
한때 그것에 미쳐 있었을 때는,
운전 중 신호 대기 중에도 만들었다고 했다.
그런데 그 대부분은 조립하다가 중단한 것들이었다.
그의 손길을 기다리는 조각들은 영원히 완성되지 않을 것만 같았다.
책상 서랍엔 게임보이 미크로 슈퍼마리오 탄생 20주년 한정판이
아직도 남겨져 있었다. 이미 오래전에 정리되고도 남았을 물건이었다.
그 방은 심각하게 멈춰져 있었다.
취미라고 부를 만한 게 그 정도밖에 없던 사람이었다.
본 적도 없는 그의 어린 시절이 스쳐 지나갔다.


그의 얼굴엔 아직 어린이의 흔적이 남아 있다.
그의 방이 멈춰 보이는 것처럼 그의 성장도 멈춰진 듯한 느낌.
그 방에서의 생활은 심심했을 것이다. 고민할 게 없어서.

그도 무언가를 생각하느라 잠 못 이룬 적이 있었을까?
애초에 그가 소유한 공간이다.

나는 애쓰지 않고 그냥 온전히 주어진 것에 대한 동경이 있다.
내가 그 집에서 갖고 싶은 건 딱 한 가지였다.
탁 트인 천장.

"나 손 좀 씻을게."
"엄마 방 화장실 써."

엄마 방 화장실을 내어주는 그의 모습에,

나는 분명 '노력하고 있다.'고 생각했다.

그가 지금 내게 '살아가는 모습'을 보여주는 노력을 하고 있다고.

그 정도로 나를 '가깝게 생각하고 있다는 것'을 알려주려 하고 있다고.

안방 침실에 딸린 욕실의 살짝 열린 문틈으로 안을 들여다봤다.

내가 거길 들어가는 게 맞는 걸까, 하고 망설여졌다.

주인 없는 비밀 공간에 혼자 들어가는 일엔

어쩔 수 없는 공포감이 있다.

호흡을 가다듬고 들어갔다.

욕실에서 엄마의 성격이나 취향을 알 순 없었다.

다만 그 집과 어울리지 않는 세숫대야가

샴푸에 걸쳐져 있는 각도는 다정했다.

그는 부엌에서 무언가를 꼼지락거렸다.


"너 과일 좋아하잖아."


그가 사과를 진지하게 깎아준다.

사과를 깎는 손길이 예쁘다.

생일날 사과 깎아주는 남자는 처음이다.

"나 여기서 엄마랑 둘이 살아, 아버지 못 본 지는 꽤 오래되었고."


그 말 뒤엔 앞으로도 못 볼 거라는 뜻도 생략되어 있었다.
사진 속에 있는 엄마의 얼굴은 밑도 끝도 없이 아름다웠다.
너무 예뻐서 살아가는 데 방해가 될 정도의 미모, 눈부셨다.

# 눈치잠이라는 말

"
그럼 시시한 남자는 못 만날 테니까.

"

내게도 아버지는 없다. 친구 같은 '아빠'만 있다.

그의 목표는 가정을 꾸리고 그것을 지키는 것이라 했다.

결혼 생활을 유지해나가는 것, 그 사소한 일이

세상에서 가장 위대한 일이라 말했다.


"니네 엄마가 밥을 너무 많이 줘서, 집 나갈 뻔했다."


나는 아빠가 가끔 이런 말 할 때

진짜 집을 나가도 상관없다고 생각했다.

'가정을 지켜나는 것.' 그게 뭔지 모른다.

나에겐 어이없이 당연한 일이기 때문에.

내게 가정이라는 건, 늘 그 자리에 그냥 있는 것이었으니까.


청춘이라면 누구나 자신의 등짝만큼의

숨겨야 할 비밀을 간직하고 사는 거라 생각한다.

그런데 그의 비밀은 너무 서글프고 무거운 것이었다.

그의 표현에 따르면 엄마가 아버지에게 버려졌다고 했다.

아홉 살 어린 눈에 비친 이혼은 '버려짐'이었다.

그때 받은 위자료로 강남에 있는 작은 집을 샀고

엄마와 그는 다른 집에 얹혀살면서
악착같이 건물로 재산을 불려왔다고 한다.
생각해보니 지금 내 나이에 그의 엄마는
그토록 힘든 시간을 견뎌온 것이다.

"너 눈치밥이 뭔 줄 알아?"

눈치밥, 소리내어 읽어만 보아도 서러워지는 어감이다.
그렇게 하다가 어떤 계기로 엄마는 건설업을 시작하게 되었고
운 좋게 승승장구하게 되었다고 한다.
그런데 어느 날 건설현장에 갔다가 공사 인부가 엄마를
죽이려드는 섬뜩한 순간을 보고
그때부터 단 한 가지만 생각했다고 했다.
엄마를 지켜야겠다고.

"그때 그걸 보고 처음 알았어, 엄마가 얼마나 힘들게 날 키웠는지."

인부가 집어던진 벽돌이 날아오르는 순간,
그가 지금 설명하는 저 순간이 너무 생생해서 눈물이 났다.

그는 한때 유학을 떠났다가 바로 다시 돌아왔다고 했다.
엄마를 혼자 두고 도저히 거기서 공부를 할 수 없었다고.
그 모든 게 엄마 때문이고 지금 하는 일도 엄마 회사를 지키기 위해
더 많은 이익을 남겨야만 하는 건물을 짓고 있다고 고백했다.
그가 주로 하는 일은 건축설계도 아니고 건축시공도 아니었다.


"난 아스팔트 바닥에서 소주에 새우깡 먹는 그런 사람이야."


그의 일은 현장에서 벌어지는 트러블을 달래서 해결하는 것이다.
날 앉혀놓고 담담하게 이 이야기를 풀어놓는 그 하얀 얼굴을,
힘껏 안아주고 싶었다.
그날 내렸던 여름비가 세상의 모든 소리를 삼켜버렸다.
단지 그의 낮은 목소리만이 쫑긋하게 서 있는 내 귀에
닿았다.
좋아하는 사람이 중요하게 여기는 것을 듣고 있다.
사람마다 중요하게 여기는 것은 다를 수밖에 없다.
그것은 그 사람이 살아낸 시간 안에서
자신이 선택할 수 없는 무언가이기 때문이다.
우리는 식탁에 마주보고 앉아 긴 이야기를 나누었다.

아주 잠깐,
슬픔이 밀어닥치는
속도

그가 앞으로 살고 싶은 삶에 대해,

그 모든 미래의 구체적인 상황에 나를 대입시켜 설명했다.

그는 무리수를 두기도 했다.

담배를 싫어하는 내 눈치를 보고 끊겠다는 결심도 했다.

그 말은 즉흥적으로 보였다. 그런 다짐이 내겐 무의미하게 느껴졌다.


"딸 하나만 낳을 거야, 스무 살에 벤틀리 뽑아줄거고.

그럼 시시한 남자는 못 만날 테니까."


신기한 순간이었다.

말하지 않고는 견딜 수 없는 이상한 예감이 들었다.

말 한마디에 그가 '멀어지고' 있다.

가장 가깝지만

가장 멀리 있는 사람.

분명 내 눈앞에 있지만

지구 한 바퀴의 거리감이 느껴지는 사람.


그가 그 말을 했을 때 나는 틀림없이 이상한 표정을 지었을 거다.

그 말이 너무 쓸쓸했다.

겨우 저런 말밖에 못하는 그가 애처롭기도 했다.
그와 나 사이의 경제적 빈부 격차만큼이나
가족으로 인해 느끼는 행복의 격차는 어마어마했다.
나는 아빠에게 유별난 사랑과 관심을 듬뿍 받고 자랐으며
그런 게 모두가 누리는 당연한 것인 줄만 알았다.

완벽한 크리스마스를 위해 아빠의 거짓말이 늘어가는 과정이라든지,
내가 울 때마다 홈비디오를 꺼내들던 아빠의 괴상한 취미라든지,
엄마의 눈치를 보며 호떡을 사먹기 위해 펼친 비밀 작전이라든지,
엄마에게 아픈 모습을 보이기 싫어 혼자 수술하러 가는 아빠랑
어떤 뻥으로 엄마를 속일지 고민했던 일이라든지.
이 모든 걸 그와는 같이 이야기할 수 없는 거잖아?
우리는 보편적 가족의 행복을 절대 공유할 수 없다.
누구에겐 소중한 추억이 누구에겐 끔찍한 상처가 되기도 하는 것이다.
나에게 있어 그 행복은 나를 지켜주고 보호해주는 것인데,
그것을 떠벌릴 수 없다면 얼마나 슬플까?
그런 나이기에 그의 내면의 상처를 고스란히 껴안는 방법을 몰랐다.

그런데 뒤집어 생각해보니

거대한 결핍 속에 있는 그에겐 저런 말이

자연스러운 것일 수도 있겠다 싶었다.

그의 아버지는 늘 부재중이었으니까 아버지와의 추억 또한

거의 없을 거다.

아빠가 딸에게 해줄 수 있는 게 얼마나 많은데.

그에게 아버지의 손길이라는 것은,

가늠할 수 없을 만큼 모호할 것이었다.


새벽이 되어 다시 날이 환해지려 한다.

여긴 분명 서울 한복판인데, 왜 고립감이 느껴지는 거지?

희한했다.

그것은 분명 공간이 주는 서늘함보다는 사람이 주는 쓸쓸함 같았다.

그는 지금 내가 파업으로 인해 얼마나 힘들고,

초조함을 느끼는지는 안중에도 없다.

만약 나와, 거리가 먼 삶에 들어가 살아야 한다면,

끈질기게 의심이 따라다닐 것이다.

그는 렘 쿨하스와 같은 건축가를 동경했다.

늘 건축 잡지를 보며 어떤 공간의 '의미' 같은 걸 찾고 싶어 했다.

어쩌면 아버지에 대한 미움과 서운함으로 계속 무너지는

자신의 마음을 튼튼하게 짓고 싶었는지도 모르겠다.


우리는 행복이란 목표를 두고 서로 다른 집을 지을 것만 같았다.

나는 노력하는 것을 좋아한다.

그런데 '노력하지 않는 것'은 사랑한다.

겨우 그의 집을 나오자 시원한 새벽 공기가 나를 반겨주었다.

느슨해지고 싶다.

나는 지금 눈치잠과 정반대의 꿀잠을 향해 가고 있다.

분명 내가 그토록 원했던 사람인데,

벗어나니 이제야 느껴지는 이 해방감은 무엇일까?


우리는 사랑이 아니었다.

둘만 있는데도 아무도 행복하지 않았다.

사랑이면 안 되는 우리였다.

그 무엇도 우리에게 사랑을 권유할 수 없었다.

남녀 사이에서 가장 중요한 '의리'조차도.

우 리 가
좋 아 했 던
것 들

/

한
여
름
의

판
타
지
아

꽃이 되고 싶은 불이 하늘에서 춤을 추고 있어요. 영화 '한여름

의 판타지아'를 보면서 그게 꼭 우리 모습 같았어요. 중요한 건

그 불꽃은 터지는 순간, 동시에 '사라진다.'는 거예요. 슬픈 일이

죠. 그게 얼마나 아름다운 건지 모르는 사람에겐 그건 쓸모없는

일일 수도 있고요.

"그런 쓰레기를 왜 만나?"


다른 사람 말에 내 마음이 아파요. 그도 많은 사람을 만났겠지만 우리가 만나서, 분명 서로가 만났기 때문에, 둘만이 그려나가는 독보적인 그림이 있다고 생각해요. 그리고 그와 나누는 느낌과 기분은 우리 둘 이외에는 절대로 모를 '우리만의 것'이라 이토록 소중한 것일 테고요. 자신이 직접 겪지 않으면 끝끝내 모르는 것이겠죠.
그런데도 저런 말을 들으면 한순간 무너져요. 그럴 때마다 제가 꺼내 읽는 글이 있어요.


무리한 짓은 많이 할수록 좋다.
일에서의 무리, 여행에서의 무리, 그리고 무리한 연애,
"그때는 내가 어떻게 됐었나 봐."라고 이야기할 정도로
도드라지게 몹시 짙어지는 시간.
그것을 뭐라고 고쳐 말할 수 있을까, 라고 물으면
나는 '청춘'이라고 바꿔 말하고 싶다.

그러므로 나이가 몇 살이 되어도 청춘은 있다.

청춘은 스스로 찾아오는 것이 아니기에

무리한 짓을 하지 않으면 맛볼 수 없다.

- 나카오카 겐메이, 《디자인하지 않는 디자이너》 中 -


그래요, 무리해도 괜찮대요. 사실 반대하는 연애를 할 때면 '이렇게까지 무리를 해도 괜찮은 건가.' 하며 두려움이 차오르죠. 예를 들면 난 트리플 악셀이 뭔지도 몰랐는데, 그 사람 하나 때문에 내가 그걸 욕심내고 있는 신기한 풍경이 펼쳐지죠. 그 사람에게 더 좋은 사람이 되고 싶어지고, 자기 자신도 모르는 내가 튀어나와 스스로 더 놀라기도 해요.

그렇게 되면 이제는 더 이상 책을 꺼내 읽을 필요도 없어요. 아니 그럴 시간도 없죠. 그 사람이야말로 책에는 없는 최고의 인문학, 그 자체니까요. 누가 무슨 말을 해도 내가 그 사람을 정독하고 싶은 거예요. 밑줄도 긋고 이해가 가지 않는 건 다시 읽어가면서.

그건 과거의 나 자신을 '뛰어넘는' 최고의 경험이고, 그런 나이기에, 저는 그런 내 자신에게 계속 기회를 주고 싶은 것뿐이에요.

그 순간 사라져 버려도 상관없어요.
그럼에도 불구하고,
당신은 누구를 읽어나가고 싶나요?

## #1 모든 것은, 너를 만났기 때문에

'좋아하는' 감정만큼 소중한 게 또 있을까?
이 이야기는 누구나 해왔던
'어떤 연습의 기록'인지도 모르겠다.

모두가 이 글의 사이사이에 멈춰 서서,
마음속 깊이 잠들어 있던 연습의 기억을
몽글몽글 꺼내보았으면 한다.

'우리'를 통해 '나'를 알게 해준 사람들.

어떤 사람은 나를 깎아주었으며
어떤 사람은 빈 곳을 채워주기도 했다.
그들이 스쳐간 흔적들이 지금의 나를 완성시켜주었다.

이 책은 결코 나 혼자 쓴 게 아니다.
내 인생에 다녀간 귀한 손님들,
그들과 함께 써내려 간 거다.

같은 영화를 봐도 대사를 다르게 기억하고 아끼는 신이 다르듯이
같은 추억을 만든 우리가 '나'를 어떻게 기억하는지 궁금해진다.
그리고 그런 우리를 기억하는 모두에게도
다정한 안부를 전하고 싶다.
모두 좋아할 거라 믿는다.


그런데 딱 한사람은 자신이 없다.
모르겠다.
아직 나에게 화가 나 있는 거 같다.
멀리서라도 여기에 적힌 나의 사과를 받아주길 바라본다.
진심은 조금 늦더라도 반드시 전해진다고 믿기 때문에.
그런데 이걸 읽으면 당신의 화가 바로 풀릴 것만 같다.


모든 여자는 안전한 사랑을 원하고
나도 그중 한 명이었다는 것.
그래서 미안했고 여전히 응원하고 있다고….

## #2 너의 곁으로, 한 뼘 더

나는 지금 이 순간에도, 달라지고 있다.

처음으로 책을 쓰는 과정 속에서
혼자 불안했다가, 먹먹했다가, 자주 포기하고 싶어지곤 했다.
그럴 때마다 그는 "글 써."가 아닌 "글 쓰자."라고 말했다.
그 말에 마음이 잡혀버리는 게 신기했다.
그러면 나는 '한결같이' 써내려갈 수밖에 없었다.

내 안의 세계를 외부로 연결시키는 두려움을
단 한 번에 잠재워주는 사람.
잘할 수 있다고 안아주는 대신,
머리를 쓰다듬어 주는 그가 곁에 있었기에
지금의 내가 있다.

"노력해."가 아닌 "노력해보자."라고 말하는 사람 곁에서
나도 그렇게 말하는 사람으로 바뀌어버렸다.
닮아져버린 말투,

우리는 그렇게 서로의 '초능력'이 되었다.
그랬더니, 해낼 수 있을까? 의심했던 일들이 기적처럼 현실이 되어버렸다.

서로를 바꾸어주는 힘, 그런 게 바로 사랑이 아닐까?
우리는 매일 '변화'를 기다리며 살아가니까.
그런 사람을 만날 수 있다는 건, 아니 만나져버린다는 건
인생에서 가장 멋진 행운이라 생각한다.

이걸 깨닫기까지 10년이 걸렸다.
내가 그랬듯이, 이 글을 읽는 모든 당신이
곁에 있는 사람에게
많은 것들을 마음껏 배워나갔으면 좋겠다.
그것을 오롯이 자신의 '내 것'으로 만들어나가길 바라면서.

2016년을 시작하는 첫 아침, 도쿄타워 곁에 서서
차현진